LE ROMAN
DE L'ÉTRANGE INCONNU

L'auteur

Arthur Ténor est né en Auvergne. De sa plume trempée dans ses souvenirs d'enfance, il nous fait voyager dans des univers magiques, hors du temps et du réel. Ses récits se colorent d'aventure, de fantastique et d'humour. Il aime à se définir comme un explorateur de l'imaginaire… Il a déjà publié de nombreux livres pour la jeunesse, comme *Né maudit*, *Les messagères des abysses*, *La table de feu*, *Rumeur!*, *Graine de résistant* ou *Voyage extraordinaire au royaume des Sept Tours*.

Du même auteur, chez Pocket Jeunesse :

La machine à mémoire
Le livre dont vous êtes la victime

Loi n° 49-956 du 16 juillet 1949 sur les publications destinées à la jeunesse : novembre 2007.

© 2007, éditions Pocket Jeunesse, département d'Univers Poche.

ISBN 978-2-266-16287-6

Arthur TÉNOR

Le Roman
de l'Étrange Inconnu

*Merci à Nathalie de m'aider
à écrire mon destin.*

Ami lecteur,

L'avenir est-il écrit d'avance ?
Comme l'intrigue de ce roman,
ton destin est-il déjà tissé ?
L'histoire qui suit dissipe peut-être un peu
le mystère qui entoure ces questions.
Une chose est certaine,
lorsque tu auras terminé la lecture de ce livre,
tu ne verras plus tout à fait ta vie
comme avant.

1

Les portes de l'étrange s'ouvrent devant Rémy

Vendredi 6 juin 2008, 0 heure 32.

La poignée dorée pivota. La porte s'ouvrit en grinçant légèrement. Une ombre enveloppée dans un vêtement long et ample pénétra dans la chambre obscure. C'est alors qu'une forme bougea dans le grand lit, puis émit un soupir.

L'ombre s'en approcha, tendit une main gantée au-dessus du verre d'eau posé sur la table de chevet, et y versa une fine poudre blanche. Bizarrement, elle s'appliqua à laisser tomber quelques grains à côté du verre. Puis elle recula vers la porte...

— Herbert, soyez aimable de ne pas allumer la lumière, murmura la baronne von Ruften d'une voix ensommeillée.

L'ombre se faufila hors de la chambre. Dans le verre, le poison au curare achevait de se dissoudre. […]

— Eh, Rémy, qu'est-ce que tu lis ?

Rémy interrompt sa lecture. Les sourcils froncés, il se tourne vers son jeune frère pour lui répondre :

— Fiche-moi la paix, Kevin ! Tu me déconcentres.

— Tu peux bien me dire ce que tu lis ?

— Un bouquin qu'on m'a donné…

— Qui ça ?

— Un type à la bibliothèque. Bon, c'est fini les questions, je peux continuer ? demande Rémy, agacé.

Il n'a pas envie d'entrer dans les détails de cette rencontre insolite qui s'est produite alors qu'il cherchait un roman à sensations fortes, un livre capable de lui filer la trouille. Kevin se tait quelques secondes, puis reprend son interrogatoire :

— Et ça parle de quoi, ce bouquin ?

— C'est un roman policier. J'en suis à la première page. Quelqu'un vient de verser du poison dans le verre d'une baronne.

— Ah ouais ? Elle va se tordre par terre en hurlant de douleur !

— Pas sûr, c'est du poison au curare : ça te paralyse complètement et tu meurs en dix secondes.

— Tu rigoles ! T'agonises au moins deux heures, tu baves comme une vache enragée et...

— Ça suffit, Kevin ! Laisse-moi tranquille et dors !

Rémy replonge dans sa lecture en pensant : « En tout cas, j'aimerais pas être à la place de la baronne. »

[...] Dans le verre, le poison au curare achevait de se dissoudre.

À peine sortie, l'ombre se figea, comme alertée par un bruit suspect. Pourtant, rien ne troublait le silence. L'empoisonneur eut le brusque sentiment d'être observé. Observé ? Par qui ? Le baron, ivre mort, cuvait son cognac dans le salon et aurait donc été bien incapable de gravir le grand escalier pour rejoindre son épouse... Cependant, un témoin venait d'assister à la scène. L'empoisonneur le sentait et il en éprouvait un profond malaise.

« Se pourrait-il que ce soit... Dieu ? » se demanda-t-il.

Il sourit aussitôt de l'absurdité de cette pensée. Dieu n'était pour lui qu'une risible superstition. Il haussa les épaules et s'éloigna.

Au même instant, la baronne se redressa sur un coude. Malgré l'obscurité, elle attrapa son verre d'eau sans tâtonner, et but quelques gorgées... Dans la minute suivante, elle fut prise d'une atroce sensation d'oppression. Elle alluma sa lampe de chevet, s'assit sur son lit, une main sur le cœur. C'est alors qu'elle vit la silhouette dressée devant la cheminée de marbre. Ses yeux s'agrandirent de stupéfaction :

— Mais... Qui êtes-vous ? Que faites-vous là ?

Les mots se figèrent dans sa gorge. Elle resta immobile plusieurs secondes, souffle coupé, puis bascula sur le côté. [...]

— C'est qui l'assassin ? demande Kevin en refermant sa BD.

— Comment veux-tu que je te le dise, je viens juste de commencer ? s'exclama son frère avec irritation.

— Quelquefois, on le sait dès le début.

— Eh bien, pas cette fois !

— Moi, quand je trouve pas dès le début qui c'est l'assassin, je vais voir à la fin.

— Pfff ! Ça tue complètement le suspense.

— Pas forcément, parce qu'il reste à savoir comment la police va faire pour le démasquer.

Rémy réfléchit. Il doit bien admettre en son for intérieur qu'il lui est déjà arrivé *d'aller voir à la fin*.

— C'est ça que j'aime bien avec les livres, reprend Kevin. On a toute l'histoire entre les mains. On peut se balader dedans comme si on se trouvait dans une machine à voyager dans le temps. Tu te rends compte si notre vie était écrite dans un bouquin, un bouquin qu'on pourrait consulter quand on voudrait ? J'irais voir comment va se terminer le tournoi de foot, quelle moyenne je vais avoir en français, et puis… quand est-ce que je vais mourir.

Rémy entend son frère formuler sa propre pensée. Il s'est souvent demandé si son destin était déjà inscrit quelque part. Cette question est même devenue ces derniers temps l'une de ses grandes préoccupations de jeune adolescent… en plus des filles. Son professeur de géographie, avec lequel il entretient des relations plutôt tendues, y est sans doute pour quelque chose. Cet homme impatient et brusque accompagne souvent ses remontrances d'un « C'est écrit, Bastiani, vous n'y pouvez rien. Vous êtes un nul et vous le resterez ! » Hier encore, il lui a lancé sa sentence favorite : « C'est écrit, vous ne ferez jamais rien ! »

Rompant le silence, il remarque :

— C'est drôle que tu parles de ça ; j'ai pensé aux mêmes trucs que toi cette semaine. Peut-être que tout est déjà écrit.

— Qu'est-ce que tu crois ?

— J'sais pas… Possible.

— Moi je crois que c'est vrai, approuve Kevin en prenant un air savant. Par exemple, toi : t'es né idiot, tu le resteras toute ta vie…

— Et toi, patate, c'est écrit que je vais te balancer mon polochon dans la tronche. Tu voudrais l'empêcher que tu pourrais pas. C'est ton futur, mon vieux, t'y peux rien !

Joignant le geste à la parole, Rémy lance une première attaque au traversin. Kevin encaisse le coup en se protégeant avec les bras, avant de s'emparer du sien pour une contre-attaque fulgurante. La bataille fait rage quelques minutes, puis les belligérants, à bout de souffle, décident un armistice.

Rémy se replonge dans la lecture de son roman. Ne parvenant pas à se concentrer, il succombe à l'envie de connaître la fin de l'histoire. Il se rend directement au dernier chapitre.

[…] Rémy s'effondra en larmes sur le lit de sa prison. Le tueur secoua tristement la tête et murmura :

— Quelle misère ! Gâcher sa vie de cette façon...

— Qu'est-ce que vous allez me faire ? s'écria Rémy la voix étranglée de sanglots.

L'homme regarda longuement son poignard, faisant jouer la lumière de l'ampoule sur la lame.

— Tu vois ce qui arrive quand on se mêle des affaires des autres : on s'attire des ennuis. Et quand on se mêle des miennes : on meurt.

Le jeune otage ferma les yeux. Son ravisseur était revenu pour le tuer. Mourir à treize ans, c'est trop bête ! Un internal ballet d'images envahit sa tête. [...]

— C'est marrant, il y a un mec qui s'appelle comme moi dans l'histoire, remarque Rémy.

Silence. Il regarde son frère. Kevin, la tête inclinée sur le côté, sa BD ouverte sur le ventre, est déjà parti au pays des rêves. Rémy reprend sa lecture...

[...] Il y eut des souvenirs de vacances, d'école... le visage de Juliette dont il était amoureux. Ensuite, comme dans un film, il vit défiler l'épisode de sa rencontre avec L'Étrange Inconnu, à la bibliothèque municipale. Il se revit déambuler entre les rayonnages, à la recherche d'un livre à sensations fortes, quelque chose de costaud, qui fasse vraiment peur. Puis il revécut avec intensité ce moment où l'homme se présenta à lui... Qu'aurait-il fait s'il avait su que les portes de l'étrange venaient de s'ouvrir devant lui ? [...]

Rémy referme brutalement son livre. Il est blême. Une vague de frissons lui parcourt le corps.
— Ça veut dire quoi, ce truc ? C'est dingue !
Il est lui-même amoureux d'une camarade d'école qui se prénomme Juliette. Comme le héros, il a rencontré un *Étrange Inconnu* à la bibliothèque municipale, dans des circonstances incroyablement similaires. C'était hier mercredi, dans l'après-midi, à la bibliothèque municipale. Un individu des plus singuliers l'a abordé...

La porte de la chambre s'ouvre. Le visage de madame Bastiani apparaît.
— Extinction des feux...

2

L'Étrange Inconnu

Après une nuit hantée par des mauvais rêves, Rémy se lève d'assez méchante humeur. Dans la salle de bain, il retrouve son frère qui lui demande aussitôt :

— Alors, cet assassin, tu sais qui c'est ?
— Ça suffit, Kevin ! Tu commences à me gonfler avec tes questions ! Et puis, pousse-toi, tu prends toute la place !
— Eh, j'étais là avant toi !

Les journées qui débutent par une dispute sont généralement difficiles. Rémy ne va pas tarder à le vérifier…

D'habitude, quand il sort de son immeuble, il regarde toujours à droite et à gauche avant de se lancer sur son V.T.T. Mais aujourd'hui n'est pas un jour comme les autres. Un crissement de pneus épouvantable retentit. Rémy, immobilisé au milieu de la rue, fixe tétanisé le camion de livraison qui dérape vers lui. Le temps suspend son vol. Le chauffeur, visage crispé, bras tendus sur son volant, ouvre des yeux horrifiés… Le pare-chocs du véhicule s'arrête à quelques centimètres du garçon qui ne réagit pas. Curieusement, il n'a éprouvé aucune peur, pas le moindre pincement au cœur, comme s'il avait su dès le premier instant que le camion n'allait pas l'écraser. Comme si c'était écrit…

Il repart, indifférent aux vociférations du livreur penché par la fenêtre de sa portière. C'est seulement en s'arrêtant au feu rouge suivant que sa raison se remet à fonctionner… Une peur rétrospective le saisit qui lui coupe les jambes.

Sa journée de classe commence par un cours de maths, idéal pour terminer sa nuit. Hélas! D'entrée de jeu le professeur annonce, presque avec le sourire:

— Papier, crayon. On sort les calculettes. On range les cours… interrogation écrite!

Comme ses camarades, Rémy soupire, mais il est sûrement le seul à penser: « C'était pas écrit, ça! » Il se met au travail mais sa pensée dérive sans cesse sur sa rencontre avec le type de la bibliothèque et sur son « cadeau », *Le Roman de l'Étrange Inconnu*. Et cela finit par se voir…

— Eh bien, Bastiani, dit le professeur, c'est pas par la fenêtre que vous trouverez la solution… Ni sur la copie de votre voisin, si vous voulez un conseil.

Après une heure de calvaire, Rémy sort de la salle avec une idée assez précise de sa prochaine note en maths : « une patate » en jargon Bastiani. De rage, il donne un coup de pied dans un sac qui traîne dans le couloir.

— Eh, ça va pas la tête ! proteste un grand gaillard, le plus agressif des bagarreurs de troisième.

— Et m… ! lâche Rémy entre ses dents.

L'affaire réglée en quelques claques et excuses à genoux, le malchanceux du jour n'a plus qu'une envie : en finir vite avec ce jeudi noir. À dix-sept heures, il quitte le collège en oubliant ses affaires de gym dans un couloir !

De retour à la maison… pan ! Il claque la porte d'entrée de l'appartement.

— Eh bien, Rémy, tu ne peux pas faire doucement ! le gronde sa mère depuis la cuisine.

— Pardon, m'man !

— Bon… Tu viens ? J'ai préparé un goûter d'enfer ! Kevin en est déjà à sa troisième crêpe !

— J'ai pas faim, merci ! Donne-lui ma part.

Sur cette incroyable déclaration, Rémy monte dans sa chambre. Il jette son sac au pied de son bureau, se laisse tomber sur son lit, enlève ses baskets. Enfin, il s'empare de ce roman policier qui l'a si durement éprouvé la veille au soir.

Il sourit en repensant à la décharge d'adrénaline que cette lecture lui a causée. Quel dommage que sa mère soit entrée dans la chambre pour l'obliger à éteindre la lumière et à dormir ! Il aurait bien aimé vérifier jusqu'où allaient les similitudes entre le récit et son propre vécu. Les traits de l'homme de la bibliothèque lui reviennent en mémoire avec une netteté troublante…

Grand et mince, il se tenait devant le rayon Histoire. Son léger sourire et son regard intense lui donnaient une inquiétante assurance. Rémy avait immédiatement remarqué sa tenue vestimentaire d'un autre temps : veste à très haut col, gilet de cachemire, pantalon fuseau, souliers vernis ornés d'une boucle… Il portait aussi de volumineux favoris et une canne à pommeau d'or. On l'aurait cru tout droit sorti de l'époque napoléonienne. Curieusement, Rémy ne l'avait pas trouvé excentrique. Intrigué, il s'était mis à l'observer, puis à le suivre de rayon en rayon. Alors l'insolite de la situation s'était transformé en un jeu étrange. Au détour d'un rayonnage, l'inconnu avait brusquement disparu. Rémy l'avait cherché et retrouvé... à l'opposé de la bibliothèque, feuilletant tranquillement un ouvrage. Le temps qu'il tourne la tête pour s'assurer qu'ils étaient seuls, le personnage s'était à nouveau volatilisé. Cette fois, il se tenait... derrière lui, à deux mètres à peine, tapotant le dos des ouvrages comme s'il hésitait à choisir. Ce jeu de cache-cache avait fini par mettre Rémy mal à l'aise. Marchant d'un bon pas, il s'était rendu directement au rayon des romans à suspense. C'est là, à l'instant où il avait pris un livre au hasard et pensé : « Il me faut un truc costaud, qui fasse vachement peur », que l'Étrange Inconnu l'avait abordé avec cette question :

— Serais-tu à la recherche d'un livre... sensationnel ?

Rémy l'avait dévisagé, méfiant et le cœur battant :

— Ben... ouais, j'aime bien quand il y a de l'action et que ça fait peur.

Un livre blanc était apparu tout à coup dans la main droite de l'Étrange Inconnu, comme dans celle d'un prestidigitateur. Avec un sourire énigmatique, il lui avait tendu l'ouvrage en déclarant :

— Alors, prends celui-ci. C'est le roman policier le plus surprenant qu'on ait jamais écrit. Toi qui aimes les sensations fortes, tu devrais être comblé.

Déconcerté, intrigué, Rémy avait hésité avant de le prendre.

— Rassure-toi, il n'appartient pas à la bibliothèque, mais à toi… si tu l'acceptes, avait précisé l'inconnu.

Sur la couverture blanche de l'ouvrage ne figurait que son titre : *Le Roman de L'Étrange Inconnu*. Nulle mention n'était faite de son auteur ni de son éditeur, pas plus sur le dos du livre qu'en quatrième de couverture. Le texte ne comportait aucune illustration. Le garçon avait froncé les sourcils et voulu refuser ce cadeau suspect, quand l'inconnu lui avait demandé à brûle-pourpoint :

— Est-ce que tu aimerais vivre une aventure extraordinaire ?

Rémy n'avait pas trop envie de poursuivre la conversation avec cet individu. Il regrettait déjà de s'être intéressé à lui.

— C'est bon, vous pouvez reprendre votre bouquin, parce que j'aurai pas le temps de…

— Rémy, je te propose de te faire participer à cette histoire, d'en être le héros, avait déclaré vivement l'Étrange Inconnu en désignant de l'index le livre blanc.

Le garçon avait eu un mouvement de recul devant l'extravagance de la proposition.

— Comment vous connaissez mon prénom ?

L'inconnu avait ignoré la question :

— Mais avant que tu ne me répondes, je dois t'avertir qu'une telle expérience présente des dangers, avait-il poursuivi en le fixant droit dans les yeux. Comme il ne s'agit pas d'un jeu, tu risqueras vraiment ta vie. Tout dépendra des choix que tu feras et du moment où tu agiras. Il est possible que tu t'en sortes brillamment, comme il est possible que tu échoues. Dans le premier cas, que je souhaite fort, tu recevras une précieuse récompense...

Une brève lueur d'intérêt avait alors traversé le regard de l'adolescent. Il se voyait déjà en possession de la dernière console de jeux Mikado... Il avait tout de même voulu en savoir davantage :

— Quel genre de récompense ?

— C'est une surprise. Mais je peux te dire qu'elle vaudra tout l'or du monde.

— Pourquoi voulez-vous me faire participer à cette espèce de... de jeu ?

— Il ne s'agit pas d'un jeu, je te le répète. C'est très sérieux. Quant à savoir pourquoi... Cela fait partie de la récompense.

Rémy interrompit le court silence qui s'était instauré :

— Mais qui êtes-vous ?

Éludant une fois encore la question, l'Étrange Inconnu enchaîna :

— Alors, que décides-tu ?

Rémy avait émis un petit rire nerveux en haussant les épaules :

— J'en sais rien. Est-ce que je dois répondre aujourd'hui ?

L'Étrange Inconnu restait silencieux. Son visage avait pris une expression grave, presque sévère. Rémy était face à un dilemme. D'un côté, il s'était dit qu'il ne risquait pas grand-chose à donner son accord, puisqu'il pensait pouvoir changer d'avis quand il le voudrait. D'un autre, il craignait de tomber dans un piège machiavélique comme on en voit dans les meilleurs thrillers.

— Qu'est-ce que je dois faire si j'accepte ? avait-il demandé.

— Lire.

Rémy avait reporté son attention sur le livre blanc.

— *Le Roman de L'Étrange Inconnu*... Drôle de titre pour un polar. Il y a vraiment du suspense ?

— Rémy ! Qu'est-ce que tu fiches là ? s'était exclamé un garçon.

L'adolescent s'était retourné et avait salué d'un signe de tête le copain de classe qui venait de l'interpeller. Lorsqu'il avait voulu s'intéresser à nouveau à l'Étrange Inconnu, celui-ci avait disparu. Rémy avait aussitôt interrogé son copain :

— Dis, Ludovic, t'as vu le type avec qui je causais, bizarre non ?

— Quel type ?

— Celui qui était devant moi.

— Ah ? J'ai pas fait attention...

Depuis cette rencontre avec le personnage de la bibliothèque, Rémy se sent angoissé. Il soupire en songeant qu'à cause de ce livre, il laisse son frère dévorer toutes les crêpes de leur goûter. Mais l'envie de connaître la suite du roman l'emporte. Il l'ouvre et reprend sa lecture au premier chapitre...

3

RÉMY est-il *RÉMY* ?

[…] Le lendemain matin, rue des Mystères-de-Paris, la présence d'une ambulance devant la maison du baron von Ruften, industriel richissime, provoqua l'attroupement de quelques voisins et passants. Les commentaires allaient bon train, et moins on savait plus on causait. Un garçon de treize ans se faufila entre les curieux. Il n'était pas là par hasard, car LUI savait…

— Qu'est-ce qui se passe ? demanda une ménagère, son panier au bras.

— La baronne a eu une crise cardiaque, répondit une grosse dame émue. La pauvresse n'a pas eu le temps de se voir mourir !

— Et si elle avait été zigouillée ? Y paraît que c'est elle qui possède tout…, insinua un pépé en plissant la bouche.

Le garçon, qui se prénommait Rémy, se sentit défaillir. Il est vrai qu'après ce qu'il avait vécu quelques heures plus tôt… Rien n'avait jamais provoqué chez lui une telle épouvante, ni les films d'horreur dont il était friand, ni les romans policiers les plus noirs qu'il avait lus. Depuis cette nuit, le cauchemar n'était plus un spectacle délicieux à savourer dans un fauteuil ou dans son lit. Le cauchemar était dans sa vie ! [...]

Profondément troublé, Rémy interrompt sa lecture quelques instants. Tous les jours, il passe par la rue des Mystères-de-Paris pour se rendre au collège. Il a treize ans comme le héros du livre, et comme lui il est amateur de grands frissons. Bref, c'est *LUI* le personnage principal de ce roman, il n'y a plus aucun doute ! Mais comment une chose aussi hallucinante est-elle possible ?

[...]
— Oh, la voici ! s'exclama la grosse dame.

Impressionné, le garçon regardait des infirmiers enfourner dans une ambulance une civière chargée d'un corps recouvert d'un drap blanc.

— C'est bien triste... mourir si jeune ! À peine soixante-dix ans, soupira la dame.

Rémy songea en les écoutant que ces braves badauds, malgré leur mine horrifiée, devaient trouver cela plutôt excitant. Il entendit murmurer à son oreille droite :

— Tu aimes ce genre de spectacle ?

Rémy sursauta. Il n'avait pas besoin de se retourner pour identifier l'homme qui venait de lui parler. C'était la voix cynique de l'empoisonneur !

— Tiens, qui c'est, celui-là ? s'interrogea la ménagère à voix haute.

Un homme corpulent, en imperméable, s'adressa à un agent de police, puis se dirigea vers la maison du baron.

— Le commissaire Bonnieux. Bizarre pour une crise cardiaque, répondit la grosse dame.

— Puisque j'vous dis qu'elle est pas nette c't'affaire ! insista le grand-père.

— Quand on ne sait rien, on se tait ! lui fit remarquer la dame.

— Oh, voilà les journalistes ! Qu'est-ce qu'ils viennent faire là ?

— Ben, c'est que le baron von Ruften c'est pas rien. Il a des usines partout…

— Et des maîtresses à ce qu'on dit, croit bon d'ajouter la dame.

— Pouh ! plein !… approuva le grand-père en levant le menton.

— Alors c'est peut-être un crime passionnel ? suggéra la ménagère.

— Voui ! Ou une affaire d'espions, répondit la dame.

— Et pourquoi pas un suicide ? susurra une autre voix.

Moins d'un quart d'heure plus tard, le commissaire ressortait de la maison. Le baron, encadré par deux gendarmes, apparut derrière lui. Un manteau hâtivement jeté sur les épaules, ce vieillard hirsute et débraillé avait l'air pitoyable. Aussitôt, les quelques journalistes présents se précipitèrent pour recueillir les premières déclarations. Le commissaire agita la main comme pour chasser des mouches. Alors le baron s'écria :

— C'est une honte ! On m'accuse d'avoir assassiné mon épouse, moi, le baron von Ruften ! Honte ! Honte à la police française !

Un brouhaha de questions s'éleva :

— Mais comment ? Pourquoi ? A-t-on des preuves ?

— De la poussière, juste de la poussière sur mon pantalon ! Je vais en appeler au ministre ! Ça ne va pas se passer comme ça !

Les policiers eurent bien du mal à le contraindre d'entrer dans la voiture du commissaire. Rémy, maintenu en respect par la pointe d'un couteau sur les côtes, était alors le seul à savoir que cet homme était innocent. [...]

Rémy décide de faire une pause dans sa lecture, tandis que son frère pénètre dans leur chambre.

— Qu'est-ce que t'as ? T'es malade ? Les crêpes de maman étaient super-bonnes !

— Je sais, mais j'ai pas faim.

— Ah ?

Kevin s'installe à son bureau pour faire ses devoirs. Moins de dix secondes plus tard, il se retourne pour demander :

— Alors, cette affaire criminelle, ça donne quoi ?

— Des frissons, lâche Rémy avec une sincérité que son frère est loin de soupçonner.

— Ah ouais ? Faudra me le prêter, ton bouquin.

— Quand je l'aurai fini, répond Rémy distraitement.

Mais il se demande s'il doit le finir. En tout cas, il ne l'abandonnera pas avant d'avoir effectué quelques vérifications. Il se lève soudain en annonçant :

— Je vais faire un tour. Il reste des crêpes en bas ?

— Je t'en ai laissé une... dizaine, répond Kevin en souriant.

Rémy lui donne une claque affectueuse dans le dos et sort en emportant son roman policier.

4

L'Étrange Inconnu
vient chercher la réponse

Le but de Rémy est de vérifier si les lieux décrits dans *Le Roman de L'Étrange Inconnu* sont réels. Pour ce qui est de la rue des Mystères-de-Paris, pas de doute puisqu'il l'emprunte chaque matin. Mais cette maison von Ruften existe-t-elle vraiment ? À sa grande surprise, la réponse est positive. Le nom du baron est gravé sur une petite plaque de cuivre fixée à droite d'un portail. L'adolescent observe longuement la façade, le nez collé aux grilles. Une portière de voiture claque brutalement derrière lui. Il se retourne et aperçoit de l'autre côté de la rue une femme plutôt forte qui le dévisage avec une certaine hostilité. À coup sûr, il s'agit de la baronne : coiffure en choucroute, collier de perles, foulard Hermès, tailleur Chanel, petit sac en croco noir sous le bras... Elle doit se demander pourquoi ce gamin reluque sa maison avec tant d'intérêt. Mais comme il s'éloigne, elle fait semblant de l'ignorer et rentre chez elle.

Rémy s'assoit au bord du trottoir pour relire quelques passages du livre. Il se dit que cette histoire commence à lui plaire, même si elle prend des allures de roman fantastique qui pourrait bien tourner à l'horreur. Un frisson lui parcourt le cuir chevelu. Voici ce qu'il est en train de lire :

[…] Un frisson lui parcourut le cuir chevelu. Il venait de découvrir la maison du crime « futur », et la baronne elle-même, exactement comme le livre les décrivait. C'était hallucinant de précision, effrayant. Une voix l'interpella alors qui lui dit : […]

— Alors, Rémy, où en es-tu de ta lecture ? demande soudain une voix derrière lui.

L'adolescent sursaute, se lève avec vivacité. Devant lui se tient l'Étrange Inconnu, toujours élégant dans son costume dix-neuvième.

— Euh… pas très loin, j'ai juste commencé hier soir, bredouille-t-il.

— Quelles sont tes premières impressions ?

— Je ne sais pas. C'est… comment dire ? Plutôt bizarre, cette histoire ! Ça se passe comme si tout était réel.

— Tout est réel ! assure l'inconnu.

Rémy s'efforce de dissimuler son trouble.

— On dirait que celui qui a écrit ce bouquin me connaît.

— C'est le cas, en effet.

— C'est vous ?

— Eh oui, répond l'homme avec un sourire malicieux.

— Comment me connaissez-vous ? Je ne vous connais pas, moi !

— C'est un mystère que tu résoudras plus tard, répond L'Étrange Inconnu.

Après un court silence, l'homme demande brusquement :

— Quelle est ta réponse, Rémy ?

— Ma réponse à quoi ?

— Allons, tu le sais bien.

Rémy inspire profondément. Bien sûr qu'il le sait ! Mais il a du mal à admettre qu'un lien aussi étroit puisse exister entre la réalité et les lignes d'un récit.

— C'est du délire, votre truc ! s'exclame-t-il. Vous voulez que j'accepte de vivre en vrai l'histoire de votre roman ? C'est dingue... ou alors c'est une blague. Oui, c'est ça ! C'est pour la télé ! Y a une caméra cachée quelque part et je suis en train de marcher à fond !

— Si tu crois vraiment qu'il s'agit d'une farce, rends-moi ce livre, déclare l'homme d'une voix détachée.

Il tend la main vers l'ouvrage. Décontenancé, Rémy observe longuement ses yeux sombres, espérant y découvrir le secret de cette hallucinante aventure. Mais son expression demeure indéchiffrable. Il hoche la tête puis annonce :

— Non, je voudrais bien continuer.

— Tu acceptes ma proposition ?

— D'être le héros de votre histoire ?

— Pas de la mienne, Rémy ! De la tienne, mais il faut d'abord que tu prennes ta décision.

— Pourquoi ? Si je suis dans l'histoire, c'est déjà décidé, non ?

— Tu dois me donner ta réponse, Rémy, insiste l'Étrange Inconnu avec calme.

Rémy soutient le regard de l'homme. Pourquoi l'oblige-t-il à formuler à voix haute une décision qu'il n'a pas envie de prendre, pas encore ? Peut-être est-ce comme s'il signait un pacte… Il se donne un air désinvolte pour déclarer :

— Si ça peut vous faire plaisir. O.K., j'accepte ! Mais ce que vous disiez…

— Ce que je disais ?

— Oui, sur les dangers et la récompense, c'est vrai ?

— Absolument.

— J'ai des chances d'y arriver ?

— La chance n'aura pas sa place dans cette aventure. Tu seras seul responsable de ta réussite… ou de ton échec.

L'Étrange Inconnu marque une pause, puis demande :

— Crois-tu que l'avenir est déjà écrit ?

Rémy affiche un air étonné puis perplexe. Il aimerait justement le savoir.

— Si tu réponds à cette question, bien des difficultés te seront épargnées, poursuit L'Étrange Inconnu. Te sens-tu prêt pour l'aventure ?

— Ben… oui, répond l'adolescent en se demandant s'il ne va pas très vite le regretter.

L'homme ne laisse rien paraître d'une éventuelle satisfaction. Il se contente de lui donner une dernière recommandation :

— Sache que le passé ne peut être changé, car il ne nous appartient plus. Il est écrit.

Sans ajouter un mot, l'inconnu s'éloigne. Rémy est tenté de le rattraper pour demander davantage d'explications. Mais la certitude de revoir bientôt ce troublant personnage le retient.

Sur le chemin du retour, le garçon tourne et retourne dans sa tête les détails de cette nouvelle rencontre. Il s'agit peut-être d'une banale manigance de malade mental, se dit-il, ou d'une farce d'excentrique qui adore berner les gamins naïfs dans son genre. Brusquement, un détail du roman lui revient en mémoire. Cela ne l'avait pas frappé lorsqu'il l'avait ouvert pour la première fois, mais à présent... Il y a une indication, tout au début du récit : « Vendredi 6 juin 2008, 0 heure 32. » Or, aujourd'hui, nous sommes... le jeudi 5 !

Cela signifierait que le crime doit avoir lieu cette nuit ! Si le passé ne peut être changé, se dit encore Rémy, l'avenir en revanche pourrait être modifié et donc l'homicide évité. Il s'arrête de marcher pour réfléchir.

— D'accord, murmure-t-il en se caressant le menton, mais comment empêcher le crime puisqu'il est écrit dans le bouquin ?

Les doigts tremblants d'excitation, il ouvre le livre blanc. C'est bien ça : « Vendredi 6 juin 2008, 0 heure 32. »

« Question : que ferais-je, moi, si j'étais vraiment le héros de cette histoire ? » se demande-t-il.

Il fixe avec perplexité le diabolique ouvrage.

Une autre question, beaucoup plus fondamentale, se forme dans son esprit : le roman décrit-il ce qui va *réellement* se passer ? Il frissonne ; il n'a pas oublié que le *Rémy* du roman finit très mal.

Une jeune fille à vélo s'arrête à sa hauteur. Elle est brune avec de superbes yeux verts à la fois timides et espiègles :

— Salut, Rémy.

L'adolescent la dévisage avec une expression si étrange qu'elle fronce les sourcils :

— Qu'est-ce qui t'arrive ? Tu en fais une tête ! s'exclame-t-elle.

— Hein ? Non... Salut, Juliette. J'étais en train de penser à autre chose.

— Ah oui ? Alors pense bien, lance-t-elle en démarrant.

Rémy la regarde s'éloigner, incapable de bouger, comme s'il était coulé dans du béton. Juliette vient de s'arrêter pour lui dire bonjour... incroyable ! C'est la première fois qu'elle paraît s'intéresser à lui. Sans se retourner, elle lance :

— À demain !

À cet instant, *Le Roman de l'Étrange Inconnu* disparaît complètement de sa pensée... Mais une cloche d'église résonne au loin, qui le ramène d'un coup sur terre. Il consulte sa montre :

— Dix-neuf heures ! Faut que je rentre !

5

Rémy entre dans l'aventure

Deux aventures extraordinaires qui commencent dans la même journée, voilà de quoi exciter un garçon de treize ans bouillonnant d'énergie. Enfin, au moins une, car ce n'est pas parce que Juliette lui a adressé la parole qu'il va sortir avec. Rémy tempère donc son enthousiasme, ce qui n'empêche pas sa mère et son frère de remarquer sa bonne humeur et d'échanger un sourire entendu, comme s'ils devinaient ce qui le met en joie. Quant à son père…

— Alors, cette journée, sympa ? demande-t-il brusquement.

— Mouais, lâche Rémy en guise de réponse. Je vais me prendre une patate en maths, un grand blaireau de troisième m'a fait ma fête, j'ai oublié mes affaires de gym au collège… Mais à part ça, ça baigne !

Son dîner avalé, Rémy se hâte d'aller se coucher pour reprendre la lecture de son roman policier. Avec effarement, il constate que le récit s'est modifié. Le *Rémy* de fiction, qui assiste à l'enlèvement du corps devant la maison du baron, n'est plus interpellé par l'assassin. L'intrigue se poursuit simplement par l'enquête du commissaire. Les indices et un faisceau de présomptions conduisent la police à penser que le criminel est bien le baron, dont le mobile serait tristement banal : l'argent. Puis le jeune héros *Rémy* disparaît de l'histoire, comme s'il n'avait eu qu'une importance secondaire. Le récit s'alourdit de fastidieuses descriptions, de monologues sans intérêt. L'enquête finit par s'embourber, et Rémy le lecteur ne voit désespérément pas revenir celui qui l'intéresse le plus dans cette histoire... *Rémy* le héros !

« À croire que c'est fait exprès ! » se dit-il.

Il décide de sauter quelques lignes, puis quelques paragraphes. Il survole le texte comme s'il s'agissait d'un traité de physique quantique. Et soudain... *Rémy* reparaît :

[...] L'empoisonneur, au volant de son véhicule, attendait Rémy à la sortie des cours. Il patienta le temps que le collégien franchisse les grilles de l'établissement sur son V.T.T., puis il sourit, démarra, et se mit à le suivre lentement. [...]

Rémy fronce les sourcils. Il faut qu'il revienne en arrière pour comprendre cet épisode. Il feuillette le livre à rebours, lit des paragraphes entiers, avance, recule, cherche, se perd dans une intrigue toujours plus labyrinthique. Et maintenant, voici qu'il ne retrouve pas ce passage où le tueur file le collégien en voiture. Son agacement est tel que d'un geste rageur, il expédie le livre à l'autre bout de la chambre. Son frère entre à cet instant.

— Eh, oh ! Ça va pas la tête ? T'as un problème ?

— Il est nul, ce bouquin !

— C'est ce que je vois. Alors pourquoi tu ne viens pas regarder le film avec nous ? Il va commencer dans cinq minutes.

Rémy, bras croisés et regard sombre, fulmine. Cela fait au moins une demi-heure qu'il perd son temps sur ce polar de malheur, alors qu'il aurait pu finir ses devoirs. Maintenant, il doit choisir entre rater le début du film, ou se prendre demain un beau savon par son prof d'anglais. Il en déchirerait son traversin à coups de dents.

Kevin se baisse pour ramasser le roman qui a atterri sous son bureau. Il lit un extrait à voix haute :

[...]

— N'oublie pas, mon jeune ami, que c'est toi la clé de cette affaire, dit l'Étrange Inconnu.

— La clé ? Quelle clé ? s'étonna Rémy.

— Demande-toi pourquoi l'assassin te cherche. Il faut bien que tu lui aies fait quelque chose. Peut-être as-tu découvert un indice compromettant ? À moins que tu ne l'aies vu entrer dans la maison du baron, le soir du crime ? [...]

Kevin fait la moue.

— Il n'a pas l'air si mal que ça, ce bouquin, dit-il en haussant les épaules.

À la lecture de ce passage, Rémy reçoit un choc. C'est à lui que s'adresse le dialogue ! C'est un message ! « Je suis la clé de l'affaire », se répète-t-il le cœur battant. L'Étrange Inconnu vient de l'inciter à agir. Eh bien il agira ! Cette nuit même !

— Kevin, tu peux garder un secret ? demande-t-il en s'asseyant au bord de son lit.

— Évidemment, tu le sais bien.

— Voilà, j'ai fait une conquête cette semaine.

— Sans blague ! C'est qui ?

Rémy hésite à répondre, comme s'il s'apprêtait à faire une révélation extraordinaire.

— Juliette, lâche-t-il d'un coup.

— La super-nana de quatrième C ? Pas mal ! Et alors, tu l'as embrassée ?

— Justement, je dois le faire ce soir.

— Comment ça, ce soir ?

— Enfin, cette nuit.

Kevin en reste muet de stupéfaction.

— Je dois la retrouver à sa fenêtre, explique Rémy. Elle habite au rez-de-chaussée d'un immeuble. C'est pas très loin d'ici. J'y vais et je reviens. Mais peut-être que je ne vais pas rentrer avant… une heure du mat.

— Une heure du matin !

— Chuuut ! Je te le dis pour que tu ne t'inquiètes pas si tu entends du bruit cette nuit.

— Pas de problème, je pourrai même t'aider si tu veux…

6

Dans la maison du crime

Minuit passé de deux minutes ce vendredi 6 juin 2008. Rémy, la tête enfouie dans la capuche de son jogging malgré la douceur de l'air, se demande s'il n'est pas un peu fou de faire le pied de grue sous ce porche. En face se dresse le portail de la villa von Ruften. Les volets de fer du rez-de-chaussée sont clos et les fenêtres de l'étage obscures. Le silence est angoissant et la lumière aussi lugubre que dans les plus noires séries. Si la fiction du *Roman de L'Étrange Inconnu* devient réalité, dans trente minutes la mort entrera dans cette maison. Cela signifie que l'empoisonneur ne devrait pas tarder à arriver, à moins qu'il ne soit déjà dans la place.

Rémy est à la fois excité par l'aventure et terrorisé par le drame annoncé.

Après un quart d'heure d'attente sans que rien ni personne ne trouble le calme de la rue, il commence à se demander s'il n'a pas déserté son lit pour des prunes. Comment a-t-il pu se montrer aussi naïf ? Comment l'avenir peut-il être écrit dans le roman d'un excentrique en costume de carnaval ?

Une auto tourne au coin de la rue, une petite Renault rutilante…

« C'est pas une voiture d'assassin, ça », pense Rémy.

Pourtant, sa conduite ne paraît pas normale. Roulant au pas, elle passe très lentement devant la maison du baron. Et voici qu'elle s'immobilise juste à hauteur du garçon qui se crispe.

« S'il me voit, je suis cuit. »

Le conducteur est un petit bonhomme à lunettes.

« Non, impossible, il n'a pas une tête d'empoisonneur. »

La voiture recule… pour effectuer un créneau et se garer. Rémy se détend.

— Quel idiot ! murmure-t-il.

Il est tellement à cran qu'il serait capable de prendre une mamie promenant son caniche pour un *serial killer*. Le bonhomme à lunettes quitte son véhicule et s'éloigne d'un pas pressé. Bon, la plaisanterie a assez duré, il est temps de rentrer se coucher… dans cinq minutes, pas une de plus !

Furieux de s'être fait berner, mais finalement soulagé, Rémy songe à ce que son frère dirait s'il connaissait la véritable raison de son escapade nocturne. Il sait aussi qu'il va devoir se surpasser pour séduire la belle Juliette :

« Parce que sinon, pense-t-il, elle va me prendre pour un frimeur… »

À l'angle d'une rue, situé à une centaine de mètres, apparaît un piéton. Grand, vêtu d'un imperméable gris, il approche sans hâte. Rémy se tapit dans l'ombre du porche. Cette fois, ce pourrait bien être *LUI*. L'individu s'arrête devant la villa du baron. Il sort de son imperméable une clé qu'il introduit dans la serrure du portail. Avant de pénétrer dans la courette, il jette un bref regard circulaire comme pour vérifier que personne ne l'observe. Rémy retient son souffle.

« Si c'est l'assassin, je suis mal… », se dit-il avec angoisse.

Que faire, en effet ? Se précipiter dans une cabine téléphonique pour appeler la police :

« Allô ! Le commissariat ? C'est pour un meurtre. Une baronne va se faire empoisonner au curare, rue des Mystères-de-Paris. Vous ne voulez pas venir, s'il vous plaît ?

— Qui êtes-vous ? D'où appelez-vous ? » demanderait aussitôt le policier de garde.

Difficile d'expliquer que l'assassinat de la baronne von Ruften est annoncé dans un roman policier. Et puis d'abord, qu'est-ce qui prouve que l'homme qui vient de pénétrer dans la demeure, le plus normalement du monde, avec une clé, est un assassin ?

Rémy songe alors à aller presser la sonnette d'entrée. Et ensuite ? Cela empêcherait-il l'intrus de commettre son forfait ? Au contraire, cela l'obligerait peut-être à tuer également le baron. Une idée fulgurante lui traverse l'esprit : « Et si j'entrais dans la maison ? » Il hésite. Finalement, la tentation est trop forte. Il faut qu'il en ait le cœur net ! Et tant pis s'il se fait pincer comme un vulgaire cambrioleur. Il trouvera bien une histoire à raconter.

Pour ne pas se laisser le temps de changer d'avis, il quitte sa cachette, traverse la rue en courant, pousse lentement le portail et pénètre dans la propriété. Son cœur bat comme la grosse caisse d'une fanfare jouant *La Charge héroïque*.

Sur la pointe des pieds, Rémy gravit les quelques marches qui mènent à la porte d'entrée. Il observe les fenêtres de la façade. Si l'une d'elles s'allume, il fera demi-tour et rentrera chez lui dare-dare. Hélas! les fenêtres de l'étage masquées de lourdes tentures restent obscures.

La porte d'entrée est entrebâillée… ce n'est pas bon signe. Rémy pénètre dans un grand hall. La pénombre donne une expression menaçante au visage d'une statue. Même les plantes et les meubles dessinent des formes étrangement humaines. Le jeune garçon essaie de maîtriser sa peur pour se concentrer sur les bruits. Il n'entend que son souffle légèrement haletant.

À droite, un rai de lumière filtre sous une porte. « C'est sûrement le salon où le baron cuve son cognac », pense Rémy. L'assassin est-il dans cette pièce avec lui ou bien se trouve-t-il déjà dans la chambre de la baronne ? Quoi qu'il en soit, il faut faire vite. Il s'approche du salon, lorgne par le trou de la serrure. L'empoisonneur ! L'adolescent le voit de dos, penché au-dessus du baron misérablement affalé dans un fauteuil de cuir.

Rémy se redresse, regarde le monumental escalier de marbre qui, face à l'entrée, mène à l'étage. Il s'enhardit à le gravir, non sans se dire qu'il est en train de commettre la pire bêtise de sa jeune existence. Parvenu sur un large palier, il s'interroge : où peut bien se trouver la chambre du couple von Ruften ? À droite comme à gauche s'ouvre un couloir obscur. Un grincement de porte au rez-de-chaussée le presse de choisir. Il opte pour celui de droite. Ses pieds foulent un épais tapis. Il progresse en se guidant le long du mur. À intervalles réguliers, sa main rencontre une porte. Avec mille précautions, il ouvre chacune d'elles. Il faut qu'il trouve la chambre de la baronne. Et ensuite, que fera-t-il ? S'y cacher serait sans doute la meilleure solution. De toute façon c'est écrit dans le livre. Il poursuit sa progression dans le noir.

À présent, il ne doit plus être très loin du fond du couloir. Soudain, un frôlement de tissu à peine audible lui parvient ! L'empoisonneur est en train de gravir l'escalier. Saisi de panique, Rémy se retourne. Une silhouette apparaît… L'homme à l'imperméable ! La main du garçon se pose sur la poignée d'une porte. Il la tourne, se faufile et se rend compte qu'il s'est réfugié… dans une chambre ! La lueur qui provient de la porte-fenêtre lui permet de distinguer un grand lit. Sur ce lit, une forme allongée ! L'adolescent se demande s'il ne va pas mourir de peur. Ce qu'il est en train de vivre est précisément décrit dans les premières lignes du roman policier. Alors le pire reste à venir.

Rémy songe un instant à secouer la future victime pour l'avertir du danger. Mais la suite qu'il envisage à cet acte de bravoure l'en dissuade : l'assassin surgit, puis... les étrangle tous les deux ! De toute façon, il est trop tard ; la porte s'ouvre lentement. Rémy, malgré l'épouvante qui lui ramollit les jambes, recule de quelques pas. Il rencontre le montant d'une cheminée. L'homme à l'imperméable s'approche du lit sans se presser. Il puise dans la poche de son imperméable un minuscule flacon contenant une poudre pâle. Comme le livre l'indique, la baronne émet un soupir puis murmure :

— Herbert, soyez aimable de ne pas allumer la lumière.

Silence.

Calmement, l'homme à l'imperméable quitte la pièce à reculons. « Maintenant, c'est à moi d'agir », pense Rémy en se souvenant que la baronne doit, d'après le roman, absorber le poison mortel dans l'obscurité. Il avance lentement, terrifié à l'idée de ce qui attend la victime, et lui-même s'il échoue. Il l'entend se redresser sur un coude... Il ne doit pas l'effrayer ; si elle crie, elle va alerter l'assassin qui remontera aussitôt.

— Non ! Madame, ne buvez pas ! s'exclame Rémy.

Il bouscule la table de chevet, la baronne allume sa lampe. Les yeux exorbités de frayeur, elle découvre l'adolescent près de son lit :

— Mais... qui êtes-vous ? Que faites-vous dans...

Son visage se fige, elle serre sa chemise de nuit au niveau du cœur, pousse un râle... et bascule sur le côté.

Rémy est tout près de fondre en larmes. Il découvre alors le verre renversé sur la carpette. La baronne a-t-elle bu le poison ?

7

La poursuite infernale

Rémy tremble comme une feuille, il ne sait plus que faire. Lorsqu'il perçoit les pas de l'homme à l'imperméable, revenant sans doute vérifier l'accomplissement de son forfait, il plonge sous le lit. Tandis que l'empoisonneur entrouvre la porte, le garçon essaie de se remémorer la suite de l'histoire, telle qu'elle est écrite dans *Le Roman de l'Étrange Inconnu* : le lendemain, le jeune héros se mêle à la foule des curieux pour observer le « spectacle » de l'enlèvement du corps.

« Au moins, se dit-il, demain je serai encore vivant. »

Est-ce bien sûr ? L'Étrange Inconnu lui a précisé que le passé est immuable. Mais en ce qui concerne le futur, il n'a pas encore la réponse. Et pour l'instant, *le lendemain*, c'est demain ! Rémy se pose à nouveau cette angoissante question : les événements annoncés par le livre peuvent-ils être changés ? Si la réponse est négative, il sera vivant demain, quoi qu'il arrive. La fin de l'histoire, par contre, n'a rien de réjouissant. Il éprouve un profond malaise en repensant au baron qu'on accusera injustement, puis à la fin tragique du malheureux *Rémy*. Peut-être l'autopsie de la victime montrera-t-elle qu'elle a succombé à une crise cardiaque et non à un empoisonnement. De toute façon, la tentative d'homicide sera établie…

Si par contre l'avenir peut être changé, Rémy ne se sent pas tiré d'affaire pour autant. Quelle devra être son attitude, demain, lorsque la police commencera son enquête ? Devra-t-il lui raconter son histoire à dormir debout ? Il imagine déjà l'interrogatoire : « Mais puisque je vous dis que j'étais dans la chambre de la baronne !… », « Mais non, m'sieur le commissaire, je ne me fiche pas de vous ! C'était écrit dans le livre ! Là ! Vous voyez bien que je ne vous raconte pas des salades ! » Finalement, se dit Rémy, le roman constitue une preuve matérielle irréfutable, même si elle semble difficile à admettre.

Cette dernière pensée, plutôt rassurante, l'aide à se détendre un peu. Il n'a pas pu empêcher le drame, mais il fera tout pour que le meurtrier finisse sa vie en prison.

L'homme à l'imperméable s'approche de la baronne et lui dit:

— Voyons, est-il possible que vous respiriez encore?

Il reste de longues secondes immobile et silencieux. De toute évidence, il est à l'écoute du moindre son. Rémy, allongé sous le lit, retient sa respiration. Très vite l'air lui manque...

L'assassin s'assoit près de sa victime. Sans doute lui tâte-t-il le pouls. Rémy regarde terrorisé les pieds de l'individu à quelques centimètres de son visage. S'il s'agenouille et regarde sous le lit, c'est la fin... Il faudrait déguerpir, mais Rémy est si tendu qu'il a peur que ses muscles ne réagissent pas. Souvent, il s'est demandé ce qu'avaient pu ressentir les combattants de la Première Guerre mondiale, au moment de sortir des tranchées pour offrir leur corps aux mitrailleuses ennemies. Maintenant il sait, et c'est horrible. Les poilus de Verdun n'avaient pas le choix, lui si. Alors il fera confiance à sa bonne étoile et ne bougera pas.

Enfin, l'homme se lève et quitte la pièce en refermant doucement la porte derrière lui. Rémy soupire, le front appuyé sur son bras. Il sait maintenant pourquoi demain il sera encore vivant.

Rassuré, il s'extrait de son abri. Il jette un dernier regard à la défunte baronne, puis se rend sur la pointe des pieds vers la sortie. Il ouvre la porte… Le sang reflue de son visage ; une silhouette grise, immense, se dresse devant lui.

— C'était donc ça… D'où est-ce que tu sors, toi ? demande-t-elle sèchement.

— De sous le lit, bredouille Rémy d'une voix étranglée.

Le tueur garde le silence, un silence de mort. Rémy a l'impression de se trouver devant une sorte de spectre immobile et froid, mais sûrement pas inoffensif.

« C'est le moment de te souvenir de tes cours de karaté », pense-t-il.

Son poing droit fuse, heurte une masse molle. La silhouette se plie en deux en émettant un râle. Rémy en profite pour s'enfuir.

Mais le tueur a de bons réflexes et parvient à faire un croche-pied au jeune garçon, qui perd l'équilibre et s'étale sur le tapis du couloir. Le temps de se relever, l'homme est sur lui et le ceinture. Par de violentes ruades, Rémy parvient tout de même à se dégager. Il fonce vers le grand escalier. L'homme, terriblement rapide et agile, le rattrape sur le palier et lui en barre l'accès, puis le saisit par un poignet.

— T'es un dur, toi ! Qu'est-ce que tu fichais dans la chambre de la vieille ?

Rémy considère son agresseur. Bien que la pénombre ne lui permette pas d'en distinguer les traits, il devine un visage jeune, déformé par la souffrance ou la haine.

— Je piquais ses bijoux, répond-il sans réfléchir.

L'homme émet un rire nerveux.

— C'est bien ma veine ! Pour une fois que j'assassine quelqu'un, faut qu'un petit voyou vienne marcher sur mes pissenlits.

— Ça ne me regarde pas, ce que vous êtes venu faire ici. On n'a qu'à repartir chacun de son côté et... adieu !

L'individu fait non de la tête :

— Je ne peux pas oublier. Tu serais comme une mauvaise herbe dans le jardin de mes souvenirs. Alors, tu vas...

Rémy ne le laisse pas achever sa phrase. Comme on le lui a appris : « Quand tu es face à un adversaire plus fort que toi, tu dois le prendre de vitesse. » D'un geste vif, il libère sa main de l'emprise du tueur, puis il se précipite dans l'autre couloir. Acculé au fond, il fait volte-face. L'individu approche, sans courir, mais à grandes enjambées. Rémy n'a le choix qu'entre deux portes. Si elles sont fermées, il est mort. Il se jette sur celle de droite… Un débarras ! Il se précipite sur la seconde… Ouf ! un escalier de service en colimaçon.

— Tu cours, tu cours, petite graine, mais je vais te coincer ! siffle l'individu en dévalant l'escalier sur les talons de sa proie.

Rémy débouche dans une cuisine. Il est hors d'haleine. Une porte vitrée donne sur une cour intérieure… Fermée ! L'empoisonneur fait irruption dans la pièce. Il actionne l'interrupteur. La lumière inonde l'espace, révèle son visage au teint de porcelaine.

— Laissez-moi partir, je ne vous ai rien fait ! gémit Rémy au comble de l'épouvante.

— Si, tu as vu mon visage. Rien que pour ça, il faut que je t'élimine.

Une longue table se dresse entre les adversaires. Rémy oblige le criminel à tourner autour.

— Et comment vous débarrasserez-vous de mon corps ? demande-t-il.

L'empoisonneur est un homme d'une vingtaine d'années, souple, mince, très brun, au regard sombre et exalté. Il s'empare d'un couteau posé sur la table de la cuisine.

— Tu connais l'histoire de Landru ?

Ce nom dit vaguement quelque chose à Rémy, mais il préfère ne pas se rappeler. Le tueur lance un regard vers la cuisinière :

— Le problème, c'est que je n'ai pas le temps de te découper en morceaux et d'attendre que tu sois réduit en cendre.

— Cherchez pas. De toute façon, demain je serai vivant, affirme l'adolescent.

— Ah oui ? T'as vu ça où ?

— Dans mon horoscope.

Rémy, bien décidé à vendre chèrement sa peau, cherche lui aussi une arme. Tout près sur une étagère, il repère un énorme coutelas de boucher. Pour l'atteindre, il lui suffit de sauter sur le plan de travail qui se trouve dessous. Le tueur comprend en un éclair l'intention de Rémy et bondit sur la table. Le jeune garçon prend alors son ennemi à contre-pied – autre leçon de self-défense : au lieu de s'emparer du coutelas, il saisit à deux mains l'une des chevilles de l'individu et la tire violemment. Le tueur s'effondre sur le carrelage. Rémy saute sur le plan de travail, s'empare du coutelas, se retourne. L'homme est debout et marche vers lui en boitant. Une haine mortelle habite ses yeux noirs.

— Reculez ! ordonne Rémy.

L'empoisonneur attaque ! L'adolescent esquive, abat son arme au hasard. Le tueur pousse un bref cri de douleur ; la lame vient de lui entailler l'avant-bras. Rémy, qui a su faire preuve jusque-là d'un sang-froid hors du commun, ne maîtrise plus sa terreur. Il lâche son couteau, se rue dans l'escalier en colimaçon, galope dans le couloir, dévale l'escalier de marbre, jaillit hors de la maison, traverse la cour, puis la rue, puis…

8

Rémy poignardé par l'empoisonneur

Rémy regagne sa chambre dans l'obscurité. Horrifié par ce qu'il vient de vivre, il se réfugie au fond de son lit comme il le faisait, plus jeune, pendant les nuits d'orage. Malgré la chaleur étouffante, il grelotte comme un animal terrorisé. Que va-t-il se passer maintenant ? L'assassin ignore son nom et son adresse. Hélas ! Plus pour longtemps. *Le Roman de l'Étrange Inconnu* indique que dès le lendemain l'homme interpelle *Rémy* au milieu des badauds massés devant la maison du baron. Comment les événements vont-ils s'enchaîner ensuite ? Rémy ne se souvient pas de l'avoir lu. Il sort la tête de sa couette pour consulter l'heure sur le cadran lumineux de son réveil : une heure cinquante ! Il va être frais, demain… Tant pis ! Il faut qu'il reprenne sa lecture. Il s'empare de sa lampe-stylo et la braque sur le visage de son frère pour s'assurer qu'il dort à poings fermés. C'est bon !

Première surprise, le récit a changé. Il ne relate plus l'assassinat de la baronne, mais la rencontre, à la bibliothèque, du jeune garçon et de l'Étrange Inconnu. Vient ensuite le compte rendu fidèle des événements de la nuit : la planque de *Rémy* rue des Mystères-de-Paris, son intrusion dans la chambre de la baronne, la course poursuite dans la maison...

En découvrant son histoire rédigée avec minutie, Rémy éprouve un singulier sentiment d'irréalité, comme s'il vivait un rêve éveillé. Finalement, il n'est pas loin de trouver tout cela plutôt excitant.

Il bâille longuement, puis reprend sa lecture...

[...] Le lendemain matin, rue des Mystères-de-Paris, la présence d'une ambulance devant la maison du baron von Ruften, industriel richissime, provoqua l'attroupement de quelques voisins et passants. [...]

L'attention de Rémy dérive sur les événements qu'il vient de vivre. Il l'a échappé belle...

[...] Le lendemain matin, rue des Mystères-de-Paris, la présence d'une [...]

Il bâille à nouveau, songe à Juliette… Ce serait trop génial qu'elle devienne sa copine… Et quand il l'embrassera pour la première fois… Sur cette douce pensée, Rémy s'endort.

Au matin, son réveil le tire brutalement d'un affreux cauchemar. Il y était poursuivi par une horde de tueurs armés de monstrueux couteaux de boucher. Il tapote les draps autour de lui à la recherche de son livre.

— C'est ça que tu cherches ? demande Kevin.

Rémy bondit comme un fauve sur son frère assis sur son lit, et lui arrache l'ouvrage des mains.

— Oh ! Ça va, je vais pas le bouffer, ton bouquin ! proteste Kevin en levant les mains en l'air.

— Oui, bon… Lève-toi, tu vas encore être en retard, grommelle Rémy, le souffle court.

— Non, pas ce matin, répond son frère en s'étirant comme un gros matou. Ce matin je n'ai cours qu'à dix heures… Dis, Rémy, il a l'air bien ton roman. C'est marrant, le héros s'appelle comme toi.

— Et alors ?

— Il est même aussi nul que toi… Outch !

Rémy lui a balancé son oreiller dans la figure et quitte la chambre.

Maussade, il boude son petit déjeuner, puis se lave et s'habille en trois fois moins de temps que d'habitude. Il descend au garage pour prendre son V.T.T.

Alors qu'il roule vers le collège, il sent son estomac se nouer. Juste avant de tourner rue des Mystères-de-Paris, il éprouve un violent pincement au cœur. L'attroupement de curieux, l'ambulance et la voiture de police occupent une partie de la rue. C'était dans le livre. Tout comme il était écrit qu'un garçon de treize ans prénommé *Rémy* se joindrait à la foule des badauds...

Le garçon examine les gens autour de lui. Le pépé à la canne est présent, ainsi que la grosse dame qui se lamente avec les mêmes trémolos que son double romanesque :

— La baronne a eu une crise cardiaque. La pauvresse n'a pas eu le temps de se voir mourir... Oh ! la voici !

Les infirmiers sortent de la maison en portant une civière, sur laquelle gît un cadavre volumineux. De plus en plus nerveux, Rémy s'attend à entendre la voix de l'empoisonneur d'une seconde à l'autre. Il jette des coups d'œil autour de lui, se dresse sur la pointe des pieds pour apercevoir son assassin... Et s'il ne venait pas ?

— Tu aimes ce genre de spectacle ?

Rémy tressaille, il regardait à gauche, l'agresseur est arrivé par la droite.

— Tu ne pensais pas qu'on se retrouverait si vite, hein ?

Le garçon se retourne. L'homme à la sinistre silhouette le fixe avec un sourire inquiétant.

— Tiens, qui c'est, celui-là ? s'interroge une ménagère en désignant un personnage corpulent en costume, qui fend la foule pour s'engouffrer dans la maison.

Tandis qu'on lui répond, Rémy sent une pointe lui piquer le dos. Il pousse un petit cri de surprise. L'individu se penche pour lui ordonner à l'oreille :

— Chut ! Tais-toi. Tu assistes au spectacle comme tout le monde, tu t'indignes comme tout le monde, mais tu ne bouges pas…

— Comme tout le monde ! le coupe Rémy.

— Exactement !

— Vous me prenez pour un imbécile ? Dès que le commissaire ressortira, je foncerai vers lui et…

— Je t'aurai égorgé avant. Qu'est-ce que tu crois que j'ai à perdre, hein, petit nigaud ?

Il pose une main sur l'épaule de l'adolescent qui se raidit. Il ne faut pas plaisanter avec ce genre d'individu.

— Qu'est-ce que vous me voulez à la fin ?
— Pour l'instant, rien. Regarde.

Rémy sent par intermittence la pointe acérée lui piquer le dos, ou les doigts nerveux de l'assassin se crisper sur son épaule. Comment cette situation va-t-elle se finir ? Il imagine divers scénarios : évasion surprise, hurlements de détresse et même une blessure (juste une éraflure) à montrer aux copains... et à Juliette. Il lui vient alors l'envie de connaître la version du *Roman de l'Étrange Inconnu*. Mais le tueur le laissera-t-il fouiller dans son sac ? Une autre question lui traverse l'esprit : par quel maléfice l'intrigue du roman change-t-elle en fonction des événements ? Seul l'auteur de ce mystère, l'Étrange Inconnu, pourrait lui répondre, et lui révéler son identité. Un nom s'impose alors à la conscience du garçon, un nom terrifiant qui lui donne la chair le poule : SATAN !

Soudain affolé, il tire le roman de son sac à dos, tourne vivement les pages...

— Tu crois que c'est le moment de bouquiner ? grogne l'empoisonneur.

— Il n'y a pas d'heure pour s'instruire, réplique Rémy en se demandant pourquoi le diable a décidé de s'en prendre à lui.

Voici ce qu'il lit :

[...] Une demi-heure plus tard, alors qu'il aurait déjà dû être en cours, Rémy se trouvait toujours rue des Mystères-de-Paris, l'arme de l'assassin pointée sur lui. Quand le commissaire réapparut à l'entrée de la villa, la pression du poignard se fit plus mordante. Rémy avait-il une chance d'échapper à la lame du fou ? Il fit mine d'avancer. Le tueur comprit aussitôt que son jeune otage tentait d'évaluer ses chances de fuite. Il l'agrippa à la ceinture en lui chuchotant :

Essaie pour voir.

Rémy vit d'un coup réduits à néant ses espoirs d'échapper au monstre. Cette initiative eut une autre conséquence. Le poignard, qui jusque-là était dissimulé sous l'imperméable de l'empoisonneur, étincela un instant au jour.

— Hiiii !!! Un couteau ! Cet homme tient un couteau ! hurla la grosse dame.

La foule s'écarta, isolant l'empoisonneur et le garçon. Le commissaire comprit aussitôt ce qu'il se passait. Il dégaina son arme de service qu'il braqua sur l'homme. Ce dernier, brandissant son couteau au-dessus de l'enfant, s'écria :

— N'approchez pas ou je le tue !

Rémy, stupéfait, roulait des yeux effrayés autour de lui. La foule retenait son souffle.

— C'est bon, c'est bon ! On reste calmes. Bas les armes, tout le monde ! ordonna le commissaire à ses collègues.

Alors se produisit l'impensable, l'insoutenable, l'ignominieux.

— OOOH !!!

La rumeur des badauds fit écho au râle de l'enfant qui, un poignard planté au milieu du dos, s'effondra sur le bitume. […]

9

L'empoisonneur s'échappe

Rémy cligne des yeux comme s'il avait mal lu. C'est pourtant écrit, *Rémy* périt poignardé ! C'est affreux ! Et impossible, l'histoire ne fait que commencer. Il doit y avoir une suite... Il tourne la page.

— Merde alors !

— Qu'est-ce qui t'arrive ? demande sèchement l'empoisonneur.

— Hein ? Rien, je viens d'apprendre que... Laissez tomber, c'est mon bouquin qui...

Bouleversé, le garçon n'a pas la force de terminer sa phrase. Après le meurtre de son double de fiction, le récit s'arrête... les pages sont BLANCHES ! Les héros ne meurent pas au début, sauf lorsque le début est aussi la fin !

Il parvient à chasser de sa tête des images atroces. Pour échapper au sort que lui promet le roman, il imagine plusieurs solutions : plonger dès que le commissaire dégaine son arme, en espérant que l'assassin soit abattu aussitôt après. Cela ne fonctionne que si le commissaire ne rate pas sa cible, sinon… Autre idée : un coup de coude bien placé dans le plexus solaire. Mais un adolescent de treize ans, fût-il comme lui un élève assidu des cours de karaté, n'a pas la puissance d'un Jacky Chan. Il faut trouver autre chose.

— Il a l'air intéressant, ton bouquin, dit l'homme.

— Euh… Oui, c'est assez palpitant.

— Ça parle de quoi ?

— C'est une histoire d'amour.

L'empoisonneur hausse les épaules et lâche dédaigneusement :

— Mouais.

Rémy consulte sa montre : neuf heures vingt. Le commissaire devrait sortir de chez les von Ruften d'un instant à l'autre.

« Nom d'un chien, il doit bien exister une solution ! » pense-t-il, rageur.

Il parcourt à nouveau son livre, avec le fol espoir que l'histoire ait miraculeusement changé.

— Tu m'énerves avec ce truc ! grogne l'empoisonneur en lui arrachant l'ouvrage des mains.

Il le jette dans le caniveau. Oubliant le poignard qui le menace, Rémy s'avance pour le récupérer en protestant :

— Eh ! Mon livre !

Les événements s'enchaînent alors à toute vitesse. Le commissaire apparaît sur le perron de la villa en compagnie du baron en piètre état. Les journalistes se précipitent pour les interroger. La grosse dame aperçoit la lame de l'empoisonneur.

— Hiiii !!! Un couteau ! Cet homme tient un couteau ! s'écrie-t-elle aussitôt.

Rémy réalise que la scène du roman est en train de s'accomplir et qu'il doit réagir immédiatement, mais il est déjà trop tard. L'individu brandit son couteau en hurlant :

— N'approchez pas ou je le tue !

La seconde suivante, Rémy sent une lame froide contre sa gorge. Comme le raconte le roman, la foule retient son souffle et le commissaire comprend très vite ce qu'il se passe.

— C'est bon, c'est bon, on reste calmes ! Bas les armes, tout le monde ! ordonne-t-il à ses collègues.

Rémy ferme les yeux. En quelques rares occasions, l'esprit éprouve une étrange sensation de déjà-vu. C'est intrigant, mais jamais désagréable. La sensation de *déjà lu* qu'éprouve en ce moment le jeune otage lui glace le sang. Le roman n'indique pas combien de temps s'écoulera avant le « OOOH ! » d'horreur poussé par la foule, lorsque le tueur ouvrira la gorge de Rémy. Il ne lui reste de toute façon pas plus d'une poignée de secondes. Le commissaire s'en rend compte, cela se lit dans son regard. Un mot s'impose à la conscience du garçon : « Non ». Il ne doit pas accepter sa mort ! Alors, puisqu'il n'a rien à perdre, il s'empare à deux mains du poignet du tueur, parvient à le repousser de quelques centimètres, éloignant la lame de sa gorge. Il se coule brusquement sous le bras de l'individu, puis s'élance vers le commissaire qui dégaine son pistolet. Se voyant privé de protection, l'empoisonneur jette des regards affolés autour de lui, puis s'enfuit en bousculant la foule qui crie et l'insulte. Rémy se retourne, tandis que le commissaire ordonne à ses hommes de le prendre en chasse sans parvenir à le rejoindre.

Le miraculé soupire de soulagement en songeant qu'il vient, pour la première fois, de contrecarrer le destin. Il aperçoit son livre qui gît dans le caniveau. Il s'empresse de le ramasser et l'ouvre. Cette fois encore, l'intrigue s'est alignée sur les événements. Ceux qui viennent de se dérouler sont décrits avec une rigoureuse exactitude ; ceux qui suivent – le futur donc – ont changé en conséquence. Constatant que toutes les pages sont à nouveau couvertes de mots, Rémy se sent revivre!

— Ça fait du bien! souffle-t-il en se massant la gorge.

Il parcourt rapidement les lignes qui suivent le récit de sa dérobade. Il apprend ainsi qu'une fois son livre récupéré, son double romanesque parle au commissaire. Il lui raconte sa rencontre avec l'Étrange Inconnu et les phénomènes surnaturels auxquels il est confronté. Finalement, il en vient à son escapade nocturne qui l'a mené jusqu'à la chambre du baron. C'en est trop pour le commissaire. Il se met en colère, avertit le jeune garçon que cela peut coûter très cher de se moquer d'un officier de police. Bref, l'affaire tourne au vinaigre et le *Rémy* du roman se retrouve seul avec son problème... et son tueur en cavale.

Après avoir donné quelques ordres, le commissaire s'approche de Rémy en pleine lecture, assis au bord du caniveau.

— Ça va, mon garçon? Tu as dû avoir peur?

Rémy ferme son livre. Il adresse un sourire au policier avant de répondre:

— Un peu.

— Seulement *un peu*, après ce qui vient de se passer? s'étonne le commissaire. Tu lis pour te changer les idées ? demande-t-il après un court silence.

— Oui, c'est ça.

Le commissaire entreprend de lui poser quelques questions, d'une voix douce, sans lui mettre la pression. Rémy, décidé à ne pas jouer le même scénario que *l'autre* du roman, donne une version simplifiée de l'incident : il avait remarqué cet homme à l'imperméable parce qu'il tenait un couteau. La grosse dame s'était mise à crier, il avait eu peur et l'homme l'avait pris en otage.

— Voilà, monsieur, c'est tout.

Le commissaire le dévisage longuement. Son sixième sens lui dit que ce gamin ne lui a pas tout raconté. Il sourit pourtant, et le remercie. Il lui donne sa carte de visite en déclarant :

— Si un détail te revient, ou si tu as besoin de quelque chose, appelle-moi.

— Pas de problème. Merci, monsieur.

10

Rémy et Juliette

Pendant la récréation du matin, Rémy s'isole aux toilettes pour lire son roman. Il y trouve exprimé avec une exactitude diabolique son état d'esprit du moment :

[...] Rémy n'avait donc rien révélé au commissaire de ce qu'il savait sur l'affaire von Ruften. Il se sentait un peu coupable de ce silence. Quand même ! Sans révéler toute la vérité, il aurait pu donner quelques indications au policier. Il aurait dû par exemple expliquer qu'en se rendant chez Juliette, il avait croisé un homme bizarre qui disposait d'une clé pour entrer dans la villa.

Après une longue hésitation, il envisagea de contacter le commissaire sans se présenter. Un coup de fil serait simple et rapide. Mais une voix de jeune garçon, cela se reconnaît. Il opta donc pour la lettre anonyme. […]

En lisant ces lignes, Rémy se dit que son livre lui évite de s'user les méninges à réfléchir. Si seulement il pouvait lui donner aussi les sujets de ses interrogations écrites… L'idée du courrier lui semble effectivement très bonne. Il décide de rédiger le brouillon un peu plus tard, pendant le cours de maths.

[…] À la dernière récréation de l'après-midi, une jeune fille brune, au visage illuminé par deux prunelles vertes, s'approcha de Rémy.

— Bonjour ! dit-elle.

Troublé, le garçon bredouilla une sorte de borborygme censé signifier : « Salut Juliette, ça va ? »

— Alors comme ça, tu as failli te faire assassiner, ce matin ?

— Oui, enfin… à peine. Comment tu le sais ?

— C'est un pion qui a dit que ça avait bardé dans le bureau du principal adjoint. T'es gonflé d'avoir inventé une histoire d'assassin pour expliquer ton retard.

Rémy baissa les yeux en souriant. Effectivement, au début il avait joué la carte de la franchise. Mais en voyant le principal adjoint virer au rouge cramoisi, il s'était rabattu sur une version plus classique : « panne de réveil ». Et il s'en était tiré avec deux heures de colle.

Mais il tenait à ce que Juliette sache la vérité :

— Pourtant, c'est vraiment ce qui m'est arrivé. Le tueur de la rue des Mystères-de-Paris se tenait derrière moi... (Juliette sourit.) C'est pas une blague ! Je te jure ! Tu le liras demain dans les journaux. Si je n'avais pas réussi à me dégager, il m'aurait coupé le cou, comme ça ! fit le garçon en accompagnant son propos d'un geste du pouce en travers de la gorge.

— Oooh ! Il faudra que tu me racontes...

— Ben, c'est quand tu veux.

— Ce soir par exemple, à moins que tu ne préfères... cette nuit ? ajouta-t-elle malicieusement.

Rémy sentit le sang lui monter aux joues. Le regard réprobateur avec lequel elle le dévisageait indiquait clairement que Kevin avait vendu la mèche.

— Mon frère t'a dit quelque chose ?

— Moui, il m'a dit des choses... répondit l'adolescente. Alors comme ça, tu viens me rendre visite en pleine nuit, comme Roméo ?

Rémy émit un petit rire embarrassé.

— Oh tu sais, ce que raconte Kevin...

DRRRRING !!! Sauvé par la sonnerie de fin de récré. [...]

DRRRING!!! Alors même que Rémy lit cette ligne, la sonnerie du collège retentit. Il parcourt rapidement les deux dernières lignes de la page :

[…]
— Rendez-vous tout à l'heure devant la sortie. Je termine à cinq heures ! lui lança Juliette en s'éloignant. […]

Les heures passent, puis vient la dernière récréation de l'après-midi. Rémy attend sa Juliette. Il a un peu le trac. Enfin, elle approche ! La conversation s'engage alors comme indiqué dans le roman.
— Il paraît que tu as failli te faire assassiner, ce matin ?

Rémy décide de jouer le jeu en respectant les répliques écrites :
— Oui, enfin… à peine. Le tueur de la rue des Mystères-de-Paris se tenait juste derrière moi. Je crois que si je n'avais pas réussi à me dégager, il m'aurait coupé le cou, comme ça !

Il accompagne sa réponse d'un geste du pouce en travers de la gorge.
— Oooh ! Il faudra que tu me racontes…

— Ben, c'est quand tu veux... ce soir par exemple, précise Rémy.

— Ce soir par exemple...

Leurs voix se mêlent. Ils pouffent et Juliette reprend :

— À moins que tu ne préfères... cette nuit ?

Bien qu'il se soit préparé à cette réplique, Rémy ne peut empêcher ses joues de rosir. Alors, il lui prend l'envie de contrarier le destin, en changeant ses derniers propos avant la sonnerie :

— Il faudra que je m'explique avec mon frère.

— Ah ? Pourquoi ? fait l'adolescente faussement innocente. Alors comme ça, tu viens me rendre visite en pleine nuit, comme Roméo ? ajoute-t-elle avec un regard à faire fondre la mer de Glace.

Rémy émet un rire embarrassé et lâche, comme prévu :

— Oh tu sais, ce que raconte Kevin...

Le rendez-vous pris, le garçon regagne sa classe, satisfait et fier. Il y aurait sans doute renoncé, s'il avait lu dans quel pétrin cela allait le plonger. Il le découvre seulement maintenant, à une heure de la sortie, pendant un cours de géographie ennuyeux à mourir...

[...] L'assassin attendait Rémy à la sortie de l'école. Il était si bien embusqué que le garçon, même en le cherchant du regard, n'aurait pu le repérer. Il fut surpris et ennuyé de voir s'éloigner sa prochaine victime en compagnie d'une jeune fille. Cela allait lui compliquer la tâche. Mais une idée lui vint, une idée diabolique qui allait beaucoup l'amuser.

Rémy et sa compagne pédalaient tranquillement sur leur V.T.T., insoucieux du prédateur qui les pistait.

— Et si on poussait jusqu'au bois ? suggéra soudain Juliette. On a bien le temps !

— Si tu veux, répondit Rémy, aux anges. [...]

— Bastiani ! Apportez-moi ça !
Rémy se raidit.
— Quoi, m'sieur ?
— Apportez-moi ce que vous êtes en train de lire, là, sur vos genoux, en cachette.

Le garçon pâlit. Si on lui confisque son roman, cela équivaut à une condamnation à mort !

— C'est bon, c'est bon, monsieur, je le range. Je vous le jure !

— Bastiani, je ne le répéterai pas deux fois, insiste le professeur en tendant une main impérieuse.

Les larmes aux yeux, Rémy apporte son livre à l'enseignant qui se met à le feuilleter d'un air dédaigneux.

— Encore, s'il s'agissait des *Trois Mousquetaires* ! raille-t-il, je vous aurais peut-être pardonné. Mais ça ! Vous irez le chercher demain chez le principal.

— Demain ! s'écrie Rémy. Mais demain... demain... Demain, ce sera trop tard !

— Le principal est absent aujourd'hui. Mais demain, vous pourrez récupérer votre livre. Je n'ai pas l'intention de le lire, soyez-en sûr.

Effondré, Rémy regagne sa place en pensant : « Demain, je serai mort. »

11

Le tueur aux trousses

À la sortie de dix-sept heures, comme convenu, Rémy retrouve Juliette.

— Tu en fais une tête ? Qu'est-ce qui t'arrive ?

— Dis, Juliette, on pourrait pas remettre notre balade à demain ? Je me sens pas très bien.

— Ah ? C'est dommage, très dommage, fait l'adolescente en baissant les yeux.

Rémy n'est pas expert en fille, mais il comprend ce que ce *dommage* signifie : l'assurance de ne jamais devenir son *petit copain*. Alors tant pis pour l'empoisonneur ! L'enjeu est trop important.

— En fait, c'est parce que j'ai une méga-punition à faire pour demain… Mais finalement, je préfère rester avec toi. On va vers le bois ?

— Euh… oui, j'avais pensé qu'on pourrait aller se promener là-bas.

— Allons-y.

Avant de s'engager sur le boulevard, Rémy scrute dans toutes les directions. Il sait que l'homme est à l'affût, à proximité du collège. Mais où ? Comme l'indique *Le Roman de l'Étrange Inconnu*, rien ne laisse soupçonner sa présence.

— Eh ! Rémy, tu rêves ou quoi ?

— Oui, oui, j'arrive !

Tout en pédalant derrière Juliette, le garçon ne cesse de se retourner pour s'assurer qu'aucun véhicule ne les suit. À chaque carrefour, il s'attend à voir le visage émacié de l'empoisonneur. Son angoisse ne fait que croître à mesure qu'ils approchent du bois. L'adolescente ne tarde pas à remarquer son comportement bizarre. Elle profite d'un arrêt à un feu rouge pour exprimer son inquiétude :

— Tu n'as pas l'air très content de sortir avec moi.

— Oh si, ça me fait super-plaisir ! J'arrive même pas à trouver les mots pour te dire comme je suis content.

Juliette éclate de rire :

— Alors cesse de te retourner sans arrêt, on dirait que tu as peur d'être suivi.

— C'est à cause de mon frère, ment Rémy. Il est tellement curieux qu'il serait capable de nous espionner.

— Dans ce cas, tu sais ce qu'on fera ?
— Non.
— On s'embrassera.

Pétrifié, Rémy écarquille les yeux, avale sa salive.

— C'est vert ! rit Juliette en démarrant.

Son compagnon se dresse sur ses pédales pour la rattraper. Quelques mètres plus loin, il dépasse une camionnette blanche immobilisée le long du trottoir. Dans le rétroviseur, l'espace d'un éclair, il aperçoit le reflet d'un visage. Il le reconnaîtrait entre mille : L'EMPOISONNEUR ! Épouvanté, il laisse avancer son vélo en roue libre. Puis tout à coup, il freine ! Il se retourne, mais ne distingue aucune silhouette humaine à travers le pare-brise de la camionnette.

« Il s'est sûrement baissé quand il a vu que je m'arrêtais », déduit-il.

Il reviendrait bien vers le véhicule pour jeter un coup d'œil à l'intérieur, mais Juliette est déjà loin, et il ne tient pas à la perdre de vue. Il repart donc en espérant s'être trompé.

Les adolescents franchissent la lisière du bois. Quelques mètres plus loin, Juliette désigne du doigt l'entrée d'une large voie forestière.

— On va tourner là, on sera tranquilles.

On s'arrêtera et tu me raconteras tes aventures, d'accord ?

Sans attendre l'approbation de Rémy, elle vire brusquement à droite. Le garçon accélère l'allure, le cœur battant la chamade. Il faut absolument qu'il fasse comprendre à sa copine qu'ils ne doivent pas quitter la route, et encore moins s'isoler dans la forêt. Mais comment le lui expliquer ? Il se retourne.

— Oh non, pas ça !

La camionnette blanche s'engage à son tour sur le chemin. Cette fois, le visage de l'empoisonneur est bien visible.

« C'est dingue, c'est complètement dingue ce qui m'arrive ! Il faut que ça finisse, il faut que je me réveille ! C'est juste un cauchemar et je vais me réveiller ! » se répète-t-il en forçant l'allure.

Revenu à hauteur de Juliette, il s'écrie :

— Juliette, il faut que je te dise quelque chose !

La coquine accélère en riant.

— Eh bien, vas-y, je t'écoute ! Ou plutôt non, pas tout de suite.

— Je ne rigole pas Juliette... ÉCOU-OU-OUTE !

Interloquée par la brutalité du ton, la jeune fille stoppe au milieu du chemin. Bras croisés, elle dévisage Rémy d'un air agacé :

— Qu'est-ce qui se passe encore ? Tu as mal aux genoux ? Aux fesses ? Tu as vu ton frère ?

— C'est plus grave que ça, crois-moi. Tu vois ce camion, là-bas, qui vient vers nous ?

Juliette jette un regard distrait vers le véhicule qui roule au pas.

— Oui, et alors ?

— Alors, le type de ce matin, celui qui a failli me poignarder, c'est le mec au volant.

Juliette blêmit. Un sourire hésitant se dessine sur sa bouche en cœur.

— Tu dis ça pour me foutre la trouille ?

— Regarde ma tête ! J'ai l'air de blaguer ? C'est ça mon problème, j'ai vu ce gars entrer cette nuit dans la maison du baron. Il était minuit passé et lui aussi m'a vu. C'est pour ça qu'il me suit. Il veut ma peau, tu comprends maintenant pourquoi je ne suis pas tranquille depuis qu'on a quitté le collège ? Je suis un cadavre ambulant !

Les mots se nouent dans sa gorge. Juliette remarque que la camionnette roule plus vite.

— Bon, écoute, il ne faut pas paniquer. On est en V.T.T. et lui en camion. Si on passe à travers bois, il ne pourra pas nous suivre.

— Tu crois ça ?
— Rémy, regarde ! Il fonce sur nous ! Il a dû s'apercevoir qu'on l'avait repéré.

La camionnette, lancée à pleine vitesse, soulève dans son sillage d'énormes volutes de poussière blanche. L'adolescent reprend ses esprits et son courage à deux mains.

— Vite, dans le bois ! s'écrie-t-il.

12

Le couteau sous la gorge

Les enfants franchissent le fossé, puis s'enfoncent dans la forêt. L'épaisse couche d'humus, les branches mortes et les ronces rendent leur progression laborieuse. Ils entendent derrière eux la camionnette qui freine brutalement.

— Il doit être fou de rage, crie Juliette.

— Tu ne crois pas si bien dire, c'est un psychopathe !

— Un quoi ?

— Un malade mental. Y en a plein dans les films d'horreur et les romans policiers. Sauf que celui-là c'est un vrai, et que c'est après nous qu'il court !

Rémy jette un coup d'œil en arrière. Ils ont déjà parcouru une bonne distance.

— Il n'est pas près de nous rattraper, ce minable ! triomphe-t-il.

S'il pouvait ouvrir *Le Roman de l'Étrange Inconnu* et y lire le passage de la poursuite, il changerait d'avis et pédalerait beaucoup plus vite. Sûr de lui, il relate à Juliette, avec tranquillité et une pointe de fierté, ses frayeurs de la nuit et du matin. Il prend garde cependant à ne pas évoquer sa rencontre avec l'Étrange Inconnu, ni l'existence du roman maléfique. Juliette s'étonne qu'il n'ait pas fait ce même récit au commissaire.

— Tu te rends compte, tu pourrais être accusé de complicité !

Rémy hausse les épaules et répond :

— Je ne crois pas… enfin, j'espère que non. Et puis de toute façon, ça ne l'aurait pas aidé à arrêter l'assassin. Et tu me vois expliquer à mes parents ce que je faisais dehors à minuit ?

Juliette lui adresse un sourire en coin. Quelle fille ne se sentirait pas flattée qu'un prince charmant ait bravé les dangers de la nuit pour la rejoindre ?

— Moi, je trouve ça plutôt sympa, dit-elle. Ça fait très Roméo et Juliette…

« C'était plutôt rodéo sans Juliette », pense Rémy.

— Tu ne connais pas mon père, réplique-t-il. Lui et le romantisme, c'est comme le principal et le sens de l'humour.

Ils décident d'emprunter l'étroit sentier qui serpente devant eux. Tout en pédalant à faible allure, ils reprennent leur discussion, essayant de trouver un moyen d'aider la police à mettre la main sur l'empoisonneur. Un bruissement de feuilles mortes alerte Rémy.

— Oh non ! C'est pas vrai ! s'écrie-t-il.

Un homme en V.T.T. se faufile entre les arbres.

— C'est lui ? demande la jeune fille.

— Oui. Allez, Juliette, fonce !

Rémy s'en veut de ne pas avoir pensé que leur poursuivant pouvait avoir un vélo dans sa camionnette.

Le sentier en pente douce permet d'abord aux deux adolescents d'accentuer leur avance. Mais Juliette commence bientôt à faiblir et à se faire distancer par son compagnon.

— J'en peux plus, Rémy ! Attends-moi ! gémit-elle, hors d'haleine.

Le garçon se retourne pour constater avec horreur que leur poursuivant se trouve déjà sur le chemin. C'est alors que la roue avant de Juliette heurte une racine. Elle tombe en poussant un cri.

Le criminel ne met pas trente secondes à la rejoindre. Il saute de son vélo, la saisit par ses longs cheveux bruns en s'exclamant :

— Ne bouge pas et il ne t'arrivera rien !

Il tire de son blouson de cuir noir un couteau de cuisine, celui-là même que Rémy avait utilisé pour se défendre la nuit du crime. Sans réfléchir, le garçon fait demi-tour. Nez dans le guidon, il fonce droit sur l'agresseur. La jeune fille se débat avec une telle énergie que l'individu ne voit pas arriver sur lui la bombe roulante.

— Si tu ne t'arrêtes pas de bouger, je te coupe une oreille... AÏE !

Rémy le percute violemment ; il est projeté par-dessus son V.T.T. L'homme vacille et hurle en se tenant la cuisse gauche :

— Sale petit morveux, tu vas me le payer !

Juliette, étendue sur le chemin, les jambes éraflées par sa chute, éclate en sanglots. Rémy se relève aussi promptement que possible.

— Juliette, vite ! crie-t-il en se précipitant vers elle.

L'homme le saisit d'une main et lui plaque sa lame sur la gorge.

— Cette fois, mon bonhomme, je te tiens ! grince-t-il.

— Juliette, va-t'en ! Va-t'en ! Va prévenir la police, vite !

L'adolescente, les yeux pleins de larmes, hésite. Elle tente de raisonner l'agresseur :

— Lâchez-le, monsieur, il ne peut rien vous faire. Et puis de toute façon, les flics vont arriver !

L'empoisonneur sourit puis éclate de rire. Rémy grimace. Sans s'en rendre compte, l'homme accentue la pression de la lame sur sa gorge.

— Juliette, bon sang, fiche le camp ! Tu veux qu'il te tue aussi ? articule-t-il avec peine.

L'adolescente comprend qu'elle ne pourra pas sauver son ami. Elle s'enfuit à toutes jambes à travers la forêt. L'empoisonneur l'observe quelques secondes galoper comme une biche entre les troncs, puis déclare soudain :

— Bon, à nous deux !

Rémy ferme les yeux, se demandant s'il va souffrir longtemps avant de mourir.

13

L'Étrange Inconnu serait-il...
le DIABLE ?

Juliette surgit en larmes sur une route assez fréquentée en cette fin de journée. Un automobiliste la prend rapidement en auto-stop et ne tarde pas à utiliser son téléphone mobile pour prévenir la police. Moins d'une heure plus tard, tout le secteur est bouclé. La traque commence : contrôles routiers, battues dans le bois avec chiens policiers, survol en hélicoptère...

— Rien à faire, commissaire, notre homme ne se trouve plus dans le coin, déclare un gendarme. Pas de trace de l'enfant non plus, ajoute-t-il avec gravité.

— Le tueur l'aura probablement emmené dans son repaire... répond le personnage corpulent chargé de l'enquête de la rue des Mystères-de-Paris.

Dieu sait quel cauchemar il va lui faire vivre. Bon, continuez les recherches, je vais interroger la jeune fille.

Au même moment, dans une rue des quartiers ouest de la ville, une camionnette blanche se gare en double file. Un jeune garçon en sort. Il se dirige d'un pas incertain vers un immeuble moderne, franchit la porte vitrée. La concierge s'écrie :

— Rémy ! Dieu soit loué, Rémy, tu es vivant !

Dans la camionnette, le conducteur sourit. Il se passe une main dans les cheveux, puis démarre en murmurant :

— À plus tard, petit.

Dès le lendemain, Rémy retourne à l'école. Ses parents et le médecin de famille lui ont pourtant conseillé de prendre quelques jours de repos, pour se remettre de ses émotions. Ils ont tellement insisté que le jeune héros a dû se mettre en colère :

— Non, non et non ! Puisque je vous dis que ça va ! Zut à la fin !

Il s'est tellement emmêlé dans ses différentes versions pendant l'interrogatoire de la veille, qu'on l'a cru profondément choqué. Que pouvait-il d'ailleurs raconter de cohérent sans révéler son escapade nocturne et les étranges particularités de son roman ? Pour le commissaire, la prudence exigeait que le garçon bénéficie d'une surveillance policière, certes discrète, mais permanente. Rémy avait approuvé la mesure, même s'il avait pensé : « De toute façon, si le tueur veut ma peau... il l'aura. »

Au collège, son arrivée provoque l'attroupement. On le touche comme pour s'assurer que c'est bien lui et non son fantôme. On le questionne, notamment sur la marque rouge qui lui barre la gorge. Pour un peu, on l'ovationnerait comme s'il avait gagné la Coupe du monde.

Rémy cherche Juliette, mais on lui explique qu'elle est absente, pour cause d'« émotions fortes ». Il lui téléphonera entre deux cours et, si elle le veut bien, il passera la voir ce soir.

Bientôt, le calme revient dans l'établissement. Lorsque la sonnerie retentit, les collégiens se rassemblent par classes pour gagner leur salle de cours. Au détour d'un couloir, Rémy rencontre son professeur de géographie.

— Ah, Bastiani, comment allez-vous ?
— Bien m'sieur. J'ai connu pire.
— Oh, vraiment ?
Rémy sourit.
— Non, c'est vrai que j'ai eu la trouille de ma vie.
— Mais vous vous en êtes sorti, c'est tout ce qui compte.

« Mon pauvre vieux, si tu savais… », pense l'adolescent.

— Au fait, j'ai quelque chose à vous rendre, déclare l'enseignant en ouvrant sa serviette de cuir. Il en extrait le roman policier confisqué la veille. Finalement, je ne l'ai pas donné au principal.

— Vous… vous l'avez lu ? s'inquiète Rémy.

— Non. Tu sais bien que je déteste ce genre de littérature.

— Vous avez bien raison ! Au revoir, et merci m'sieur !

Quelques minutes plus tard, l'adolescent demande au professeur de maths la permission de se rendre aux toilettes. Il ne peut attendre plus longtemps pour connaître son avenir, et surtout le nom de la prochaine victime de l'empoisonneur. Il ouvre *Le Roman de l'Étrange Inconnu* dans lequel il trouve, bien sûr, le compte rendu précis de ses dernières aventures. Il arrive au chapitre qui relate ses tourments, juste après la fuite de Juliette dans la forêt…

[…]

— Alors, petit, comment te sens-tu ? Un peu moins fier, hein ? demanda l'empoisonneur.

— Un peu moins, si ça peut vous faire plaisir,

répondit Rémy surpris lui-même de la fermeté de sa voix. Vous allez m'égorger ?

— C'est possible. Mais avant j'aimerais que tu m'aides à résoudre une petite énigme.

— Oh, là, là ! se lamenta Rémy en songeant qu'il n'avait jamais été un champion dans ce genre d'exercice.

— Qu'est-ce que tu faisais dans la chambre de la baronne l'autre nuit ?

Le garçon haussa les sourcils. Il ne s'attendait pas à cette question. Il eut beau chercher, il ne trouva aucune réponse plausible.

— Alors ? s'impatienta l'empoisonneur.

— Ça peut sembler bizarre, mais je vous ai vu entrer dans la maison du baron... et... je vous ai suivi. C'est tout !

— Tu me prends pour un abruti ? Trouve une raison valable ou je te coupe une oreille.

— Si je vous dis la vérité, vous ne me croirez pas.

— Dis toujours.

— Eh bien... j'ai comme un don de voyance.

Un silence plana. Les yeux fermés, l'adolescent s'attendait d'une seconde à l'autre à perdre une oreille.

— Explique, lâcha enfin l'assassin.

— Y a rien à expliquer. Je savais que cette nuit-là, il allait se passer quelque chose de grave chez les von Ruften. J'ai voulu voir... j'ai vu. Mais croyez-moi, si j'avais aussi vu la suite, je serais resté au lit.

La pression du poignard sur sa gorge s'allégea, et l'homme déclara :

— Admettons. Tu as gagné un sursis. Je vais te ramener chez toi. Sache que je vais bientôt assassiner quelqu'un d'autre. Je ne t'en dis pas plus. Si tu ne m'as pas menti avec ton histoire de voyance, tu n'auras qu'à essayer de m'en empêcher. Mais attention ! Pas de commissaire dans le coup ! Pas de flic ! Désormais, c'est une affaire entre toi et moi. Si tu parles, si tu me dénonces, je le saurai. Alors je commettrai dans ton entourage le pire carnage qu'on ait connu depuis Landru. Tu m'as bien compris ?

— J'ai compris, soupira Rémy. De toute façon, la police n'aura pas besoin de moi pour découvrir qui vous êtes.

— Possible, lâcha le tueur d'un air absent.

Rémy ne put dissimuler une certaine satisfaction, car il ne doutait pas que ce fou dangereux serait sous les verrous avant de pouvoir commettre un autre crime. Malheureusement, il était loin, très loin d'imaginer combien il se trompait. [...]

Rémy interrompt sa lecture. Le récit est conforme à ce qu'il a vécu dans la forêt. Pourtant, quelque chose lui paraît artificiel dans ce cauchemar. Le machiavélisme avec lequel s'enchaînent les épreuves et les coups de théâtre lui donne l'impression d'être fabriqué. C'est comme dans les films à suspense, dont l'unique but est de susciter l'angoisse et l'impatience d'arriver au dénouement. Il en vient à se demander si son véritable adversaire est bien ce tueur psychopathe. Quel rôle tient l'Étrange Inconnu dans cette affaire ? Peut-être utilise-t-il des pouvoirs maléfiques pour orienter les événements ?

« Maléfiques ? Et si c'était vraiment le DIABLE ! » se demande-t-il, épouvanté.

14

Qui sera la prochaine victime ?

À cette évocation du prince des Ténèbres, Rémy est pris de violents maux de ventre. Mais il lui faut connaître le nom de la prochaine cible du tueur. Il reprend donc sa lecture.

[...] Assis sur le siège des toilettes, Rémy parcourait les lignes du roman diabolique avec autant de hâte que s'il s'était agi du sujet d'une interrogation écrite. Il découvrit d'abord les motivations du tueur. Il s'appelait Lucien Malmort. Son père et le baron von Ruften avaient été autrefois associés dans des affaires marchandes. Le baron avait cependant une fâcheuse tendance à escroquer ses partenaires avant de les abandonner à leur sort. Ruiné, humilié, le père de Lucien s'était suicidé après avoir tué sa femme et leurs deux filles.

Lucien, qui n'avait alors que dix ans, avait miraculeusement échappé au fusil de son père. La suite aurait fait les délices des psychanalystes et des amateurs de tragédies sociales. Lucien parvint à surmonter son traumatisme, jusqu'au jour où une interview télévisée du baron, plus arrogant et méprisant que jamais, avait éveillé en lui une terrible soif de vengeance. L'homme dur et déterminé qu'il était devenu avait minutieusement préparé, des mois durant, le crime de la rue des Mystères-de-Paris.

Son objectif était d'anéantir le baron de manière plus cruelle que s'il l'avait assassiné. Il voulait ruiner sa vie comme il avait ruiné sa famille. Il voulait qu'en étant accusé du meurtre de son épouse, le vieux baron alcoolique connût l'humiliation et la souffrance suprêmes : l'injustice.

Pourtant, son plan fut contrarié par l'intervention mystérieuse de ce gamin de treize ans. En assistant au drame, Rémy avait compromis ses espoirs de provoquer la déchéance du baron. Il fallait donc trouver un nouveau moyen de le briser. Il songea alors à s'attaquer à son bien le plus précieux, le seul dont la perte pouvait le faire sombrer dans les affres de l'irrémédiable chagrin : Charles, son fils, son unique héritier et dernier représentant de la famille.

Charles était un brillant homme d'affaires expatrié aux États-Unis. Il s'apprêtait à regagner la France, pour assister à l'enterrement de sa mère et aider son père à sortir de prison.

Lucien Malmort savait qu'il n'avait que vingt-quatre heures devant lui pour mettre au point son forfait. Une bien courte durée pendant laquelle Rémy Bastiani, de son côté, devait trouver un moyen d'empêcher ce nouveau meurtre. [...]

— Le fils von Ruften ! murmure Rémy. Bon, et maintenant que je sais ça, qu'est-ce que je fais ?

Pour connaître la réponse, il replonge dans sa lecture. Il y apprend qu'après des heures d'angoisse et d'hésitations, *Rémy*, c'est-à-dire lui, finira par prendre une décision : prévenir le fils du baron. En fin d'après-midi, il se rendra rue des Mystères-de-Paris. L'accueil du nouveau maître des lieux sera d'abord glacial, puis franchement hostile. Pour finir, Charles jettera dehors son jeune visiteur. Rémy pensera alors n'avoir d'autre solution que de se rendre au commissariat de police. Malheureusement, quand il retrouvera son vélo dans la rue, un message accroché au guidon l'avertira ainsi : « Encore une plaisanterie comme celle-là et tu ne reverras ni tes parents, ni ton frère, ni ta copine. Quant au fils du baron... »

Rémy soupire en pensant : « Évidemment, ça ne pouvait pas être aussi facile ! » Il lit ensuite que son double romanesque se résoudra à prendre la deuxième décision la plus insensée de sa vie, après celle qui l'avait conduit dans la chambre de la baronne : retourner sur les lieux du crime pour contrecarrer un nouveau meurtre.

Le roman annonce ensuite que Lucien Malmort parviendra à s'introduire chez le baron par une porte de service. Rémy suivra le tueur dans la maison du baron, mais ne réussira pas à prévenir Charles à temps. Celui-ci sera assassiné. Le jeune héros tentera de fuir. Il sera rattrapé par Lucien Malmort qui le poignardera à son tour. Le garçon mourra dans de terribles souffrances.

Le mot FIN clôt *Le Roman de l'Étrange Inconnu*.

Rémy repense à sa deuxième conversation avec l'Étrange Inconnu : « Crois-tu que l'avenir soit déjà écrit ? » lui avait-il demandé. Et devant l'ignorance du jeune garçon, il avait poursuivi : « Si tu réponds à cette question, bien des difficultés te seront épargnées. »

« Si seulement c'était aussi simple », se dit Rémy. Découragé, il sort des toilettes avec cette seule certitude : il n'est pas au bout de ses problèmes.

15

L'avenir est-il écrit d'avance ?

Après l'école, Rémy se rend chez Juliette pour prendre de ses nouvelles. Elle le reçoit dans sa chambre.

— Tu n'as pas l'air trop mal, dit-il en s'efforçant de sourire, malgré la boule qui lui noue l'estomac depuis qu'il sait ce qui l'attend cette nuit.

— J'en ai un peu rajouté, répond-elle. Une journée de vacances, c'est toujours ça de pris. Mais toi par contre, je te trouve une tête cadavérique.

— Arrête, ne dis pas ça ! Je commence à en avoir ma claque, des cadavres.

— Hé ! Ça t'a traumatisé à ce point, cette histoire ?

Rémy hoche la tête. Il est à deux doigts de fondre en larmes. Juliette l'invite à s'asseoir sur son lit et à lui expliquer comment il s'y est pris pour échapper au tueur. Mais il n'est pas d'humeur à raconter ses exploits. Son esprit est absorbé par une seule pensée :

— Juliette, est-ce que tu crois que l'avenir est déjà écrit ?

La jeune fille le dévisage, dubitative.

— Je n'en sais rien. Pourquoi est-ce que tu me demandes ça ?

— C'est juste une question qui me traversait la tête.

— Moi, je dis que l'avenir n'est écrit pour personne, déclare Juliette. Heureusement parce qu'alors, bonjour l'angoisse ! Quoi qu'on fasse, ça ne changerait rien. Qu'on travaille beaucoup ou pas du tout, qu'on fasse des bêtises ou non, notre sort serait le même ? Brrr ! Moi, je préfère que rien ne soit décidé d'avance.

« Et pourtant, pense Rémy, mon futur est à la fois écrit dans le livre et modifiable. »

— Changeons de sujet… finit-il par dire.

Il hoche la tête.

— Kevin pense comme toi, murmure-t-il.

— Bon, il va falloir employer les grands moyens, déclare Juliette, parce que sinon on va y passer la journée. Rémy, je crois bien que ton frère est en train de nous espionner…

— Hein ? s'exclame le garçon en se retournant vivement vers la fenêtre.

Juliette éclate de rire.

— Alors, nigaud, tu n'as pas compris ?

En vérité, Rémy n'ose pas comprendre. Ses joues virent au rouge. Sans quitter Juliette des yeux, le cœur battant à tout rompre, il se rapproche d'elle. C'est la première fois de sa vie qu'il va embrasser une fille... sur la bouche. Leurs lèvres se rapprochent lentement, très lentement... En cet instant tous les assassins et les étranges inconnus de la terre sont bien loin...

Une heure plus tard, il sort de chez Juliette, la mine toujours empourprée et l'air de flotter sur un nuage. Un crissement de pneus le ramène brutalement sur terre. Il réalise qu'il vient de traverser la rue sans regarder, et que son rêve comme son cauchemar auraient pu d'un coup prendre fin. Une pensée lui vient à l'esprit :

« Tiens, j'ai failli mourir. »

Impossible, ce n'était pas prévu comme ça dans le bouquin de sa vie. Quoique... Poursuivant sa réflexion, il prend peu à peu conscience qu'effectivement, cela aurait pu se terminer ainsi. D'ailleurs, combien de vies s'achèvent-elles aussi stupidement ? Il se souvient d'un garçon de son collège qui s'est tué en faisant l'imbécile sur un rebord de balcon. Il a sans doute cru, lui aussi,

que sa route ne pouvait pas s'arrêter si bêtement...
Il s'est trompé.

Alors, presque comme si c'était évident depuis le début, Rémy trouve la clé de son énigme. Durant quelques secondes, il reste pétrifié, debout au milieu du trottoir, puis une bouffée de joie l'envahit :

— Mais bien sûr, ça ne peut être que ça !

Il repère une cabine téléphonique au bout de la rue et s'y précipite.

— Juliette ! C'est moi, Rémy... Non ça va bien, c'est juste que je voulais te dire... Oui, c'était super, mais je voulais te dire que... Attends, laisse-moi parler. Alors voilà : j'ai trouvé ! s'écrie-t-il. Quoi ? Ben la réponse. L'avenir est écrit dans le présent ! C'était tellement évident que je n'y pensais pas ! Donc ce que je suis en train de faire prépare ce qui va suivre. Je suis l'auteur de mon futur !

À l'autre bout du fil, la jeune fille garde un silence inquiet, comme si son ami venait de « disjoncter ».

— Écoute, Juliette, poursuit-il avec exaltation, si je me jette d'un train en marche, je vais me casser quelque chose, c'est écrit, c'est logique, obligatoire. Si je n'apprends pas mon cours de géo, je vais me prendre une patate à la prochaine interro. C'est écrit... Enfin pas encore parce qu'il me reste deux jours pour réviser...

— Dis-moi, Rémy, tu es sûr que tu te sens bien ? demande Juliette.

— Très bien ! Super-bien, même ! Je sais enfin ce que je dois faire !

Sur cette singulière déclaration, il lance un retentissant « je t'aime ! », et il raccroche.

C'est alors que, de l'autre côté de la rue, il aperçoit l'Étrange Inconnu.

— Cette fois, tu vas cracher le morceau, gronde-t-il.

Mais, en l'espace d'un éclair, le personnage a disparu.

— M... ! jure-t-il en balayant l'air du poing.

— Ce qui signifie ? susurre une voix derrière lui.

L'adolescent soupire, il se retourne... Personne ! Pourtant, c'était bien la voix de l'Étrange Inconnu.

— Je ne sais pas qui vous êtes, lance-t-il en regardant en l'air, mais je vous jure que maintenant je m'en fiche.

Les passants le dévisagent d'un air étonné en se demandant à qui il s'adresse.

— C'est une bonne chose. J'ai l'impression que tu avances.

L'Étrange Inconnu est maintenant assis sur un banc, jambes croisées. Il tient son chapeau haut de forme à la main. Sa canne à pommeau d'or repose sur ses cuisses. Rémy se demande comment réagira ce personnage s'il le met dans une situation déplaisante. Il interpelle une passante, et lui désigne l'Étrange Inconnu :

— Madame, regardez ce type, c'est un fou. Il n'arrête pas de me suivre !

La femme regarde le banc, dévisage le garçon et répond sèchement :

— Dis donc, toi, à quoi tu joues ?

— Je ne joue pas, madame, je vous jure. Vous voyez cet homme, là, en costume du dix-neuvième siècle ?

La femme, troublée, observe à nouveau le banc.

— Je ne vois rien. De quoi parles-tu ? Oh et puis zut ! Je n'ai pas le temps ! s'exclame-t-elle en poursuivant son chemin.

L'Étrange Inconnu observe l'adolescent avec son sourire énigmatique.

— Vous n'allez pas me lâcher, hein ? fait Rémy d'une voix angoissée.

— Pas avant la fin de cette aventure.

Alors Rémy se met en colère. Ne pouvant

s'en prendre directement au personnage, il sort le roman de son cartable.

— L'avenir, c'est moi qui le choisis, pas toi! dit-il en déchirant furieusement l'ouvrage.

Après l'avoir réduit en charpie, il le jette dans une poubelle municipale. Soulagé et satisfait, il respire profondément, comme s'il venait de se libérer d'un terrible poids. Le banc est vide, ce qui ne l'étonne pas. Pourtant, à quelques pas de là, l'élégante silhouette de l'Étrange Inconnu l'observe en souriant. Lui aussi semble satisfait…

— Et maintenant, à nous deux Lucien Malmort! déclare l'adolescent en sautant sur son V.T.T.

Il est près de dix-huit heures lorsqu'il dépose son vélo contre le mur de la propriété du baron. Il presse la sonnette à droite du portail. Quelques secondes plus tard, Charles von Ruften, un petit homme sec d'une trentaine d'années, apparaît sur le perron de la somptueuse demeure. Son air sombre se fait agressif dès qu'il aperçoit le garçon de treize ans.

— Qu'est-ce que tu veux? aboie-t-il.

— Vous parler, monsieur. Juste une minute, c'est à propos des meurtres.

— Fiche le camp! J'ai autre chose à faire que de causer avec des morveux de ton espèce.

Interloqué, Rémy marque un silence. Tandis que Charles se retourne pour rentrer chez lui, il s'écrie :

— J'étais là le soir où votre mère est morte !

Le petit homme fait volte-face.

— Quoi ? Qu'est-ce que tu racontes ?

— C'est difficile à expliquer comme ça de loin. Est-ce que je peux ?... demande Rémy en sollicitant d'un geste l'autorisation d'entrer.

Charles von Ruften consent à entendre l'adolescent mais il ne lui accorde qu'une minute, debout dans le hall. Rémy tente alors de lui expliquer qu'il se trouvait dans la chambre de la défunte lorsque celle-ci a été assassinée. Le visage de Charles reste fermé et méprisant. Quand Rémy en vient à l'objet précis de sa visite, son interlocuteur perd soudain patience.

— Ça suffit, j'en ai assez entendu. Tu t'es bien moqué de moi. Tu as fait un pari avec tes copains ? Dix euros que j'entre dans la maison du crime, c'est ça, hein ?

— Mais non, je vous jure que c'est vrai ! L'assassin va revenir cette nuit !...

— Allez, dehors ! Déguerpis avant que je te botte les fesses !

Le garçon est fermement reconduit dans la rue. Il songe que cet épisode du roman s'est réalisé comme une prophétie. Reste le message de Lucien Malmort : une feuille blanche est scotchée sur le guidon de son V.T.T.

À l'heure du dîner, Rémy ne s'est toujours pas décidé à appeler le commissaire ou même à descendre voir les deux policiers affectés à sa protection, qui doivent s'ennuyer ferme dans leur camionnette aux vitres sans tain, garée près de l'immeuble. Deux heures durant, assis sur son lit, le regard perdu dans le vague, le garçon a tourné et retourné dans sa tête toutes les solutions possibles. Quelle terrible, quelle insupportable responsabilité !

Finalement, il prend une décision aussi téméraire que suicidaire :

— Tant pis ! Cette nuit, je retourne chez le baron ! décrète-t-il en songeant que de toute façon… c'était écrit.

Inquiet, Kevin pénètre dans leur chambre, avec précaution, comme si son frère était malade.

— Je peux entrer ? demande-t-il.

— Évidemment, répond Rémy en haussant les épaules. Fais comme chez toi.

Kevin sourit, puis explique :

— Je ne veux pas te déranger… J'ai l'impression que ça ne va pas très fort.

Rémy hoche la tête.

— Ça va, soupire-t-il.

— Tu comptes y retourner ?

— Où ça ? réagit vivement Rémy.

— Ben... là-bas, chez le baron.

— Qu'est-ce qui te fait dire un truc pareil ?

— Ta tête.

— Tu te fiches de moi ? Tu as encore joué les concierges !

L'insulte amuse Kevin. C'est vrai qu'il est un peu « concierge ». Chaque fois qu'il se passe une chose bizarre quelque part, il faut qu'il colle l'oreille aux portes, un œil dans les trous de serrures ou même, cela lui est arrivé, qu'il se cache dans un placard.

— Tu peux tout me dire, Rémy, déclare-t-il soudain. Tu sais bien que je suis une tombe quand...

— Ça suffit, Kevin, fiche-moi la paix ! grommelle son frère en se levant.

Il quitte la chambre avec son air des mauvais jours.

16

Retour sur les lieux du crime

Minuit vient de sonner. Rémy se souvient avoir lu dans le dernier chapitre du roman, que Lucien Malmort ne s'introduira pas chez le baron avant une heure du matin. Il se lève silencieusement, attrape son sac à dos et des vêtements : cagoule, gants de cuir, baskets, jean et blouson. Pour le reste, il a prévu une lampe torche, une bombe lacrymogène, de la ficelle et l'Opinel de son père.

Et il commence à s'habiller. Au moment d'enfiler sa deuxième jambe de pantalon, son frère se retourne dans son lit en marmonnant quelque chose du genre : « C'est pas juste. » Rémy reste immobile pendant quelques secondes, telle une grue sur une patte... Le silence le rassure et l'inquiète en même temps, car le moindre frottement de tissu résonne affreusement dans l'obscurité.

Le cœur battant à tout rompre, il finit de s'équiper. Il sort de la chambre et traverse le couloir sur la pointe des pieds. Pour tromper la vigilance des policiers chargés de sa sécurité, il s'échappe par l'arrière de l'immeuble, où il lui suffit d'escalader un mur pour se retrouver dans la rue. Dès lors qu'il a posé le pied sur le trottoir, il sait que l'épreuve finale a commencé… Il inspire une grande bouffée d'air frais. La nuit est claire, il ne manque que la pleine lune.

Le voici à nouveau embusqué sous le porche face à la villa du baron. Plusieurs fenêtres sont éclairées. Charles von Ruften n'est pas encore couché. Peut-être a-t-il des invités ? Dans ce cas, Lucien Malmort devra attendre.

« Et s'il était déjà là ?… » s'inquiète Rémy.

Il scrute la rue déserte, redoutant d'apercevoir une ombre suspecte ou une camionnette blanche. Quelques minutes passent, durant lesquelles les fenêtres s'éteignent une à une. « *Où est-il ? Où est-il ?* » ne cesse de s'interroger l'adolescent. Soudain, il lui semble voir une ombre bouger à l'intérieur d'un véhicule en stationnement, à une cinquantaine de mètres, de l'autre côté de la rue. Rémy sent son estomac se contracter comme dans les montagnes russes. Il serait donc là ! À l'affût dans une vieille Renault bleu nuit. C'est impossible, le tueur a une camionnette blanche.

L'ombre s'extrait enfin de la voiture. Il s'agit bien de Lucien Malmort.

« Mon compte est bon », se dit Rémy.

Prêt à tirer son couteau de la manche gauche de son blouson, il regarde le tueur endosser tranquillement son imperméable. L'homme ne semble pas avoir repéré le garçon, à moins qu'il ne fasse semblant. Il s'éloigne, puis disparaît dans une ruelle à gauche. Rémy sait que cette fois, le meurtrier ne passera pas par l'entrée principale. Le roman lui a aussi révélé que Lucien Malmort possède une clé pour ouvrir la petite porte d'accès au jardin.

L'adolescent quitte son poste d'observation. Telle une ombre glissant sur les trottoirs et les murs, il se dirige vers la ruelle qui longe la demeure du baron. Il prend soin de compter jusqu'à trente avant de s'y engager à son tour. Le souffle court, il marche à pas lents vers la porte de fer. Elle est entrebâillée. Jusqu'ici, tout se passe comme prévu. Si cela continue, le sang ne va pas tarder à couler…

Pourtant, Rémy ne renoncera pas. Il se demande à quelle mystérieuse source il puise le courage de poursuivre. Sans doute le doit-il à sa seule volonté. « Vouloir, c'est pouvoir ! » a-t-il lu un jour dans un livre. Voici l'occasion de le prouver… Il franchit le portillon. Pour atteindre la villa, il lui faut traverser le jardin. Il s'accroupit derrière un massif de roses. L'empoisonneur s'affaire sur la serrure d'une porte à petits carreaux. Rémy reconnaît celle de la cuisine où, quelques jours plus tôt, il avait failli se faire étriper.

Lucien Malmort pénètre dans la sombre demeure. Rémy reprend sa progression, s'efforçant d'être aussi discret qu'un chat. Il essaie de réfléchir à ce qu'il va faire. Poussera-t-il des hurlements pour alerter le propriétaire ? Devra-t-il se battre à nouveau avec Malmort, en espérant tuer avant d'être tué ? S'il s'agissait d'un film d'horreur, comment réagirait le héros ? Tout paraît si simple dans les films…

Il pénètre dans la cuisine. L'empoisonneur a deux possibilités pour gagner l'étage où dort sa victime : emprunter l'escalier de service ou passer par le hall d'entrée. Rémy se souvient avoir lu dans son roman que Malmort choisit la seconde solution. Le garçon opte donc pour l'escalier en colimaçon. Ce parcours étant plus court jusqu'à la chambre du baron, il espère y arriver avant l'assassin.

Il gravit l'escalier, pousse la porte qui donne sur le long couloir. Il se guide avec le mur de droite, avance dans une obscurité quasi totale. Il sait qu'en ce moment même, Lucien Malmort est en train de traverser le hall. Si son minutage est juste, il arrivera devant la chambre du fils von Ruften quand son adversaire gravira le grand escalier de marbre.

Soixante secondes plus tard…

« Si mon avenir était vraiment écrit dans le roman, se dit Rémy alors qu'il pose la main sur la poignée dorée, dans deux minutes je serais mort. Mais comme j'ai décidé de prendre mon avenir en main… » pense-t-il encore pour se rassurer.

Il pénètre dans la pièce avec cette sensation fascinante de déjà vécu. Il devine dans le lit la forme d'un dormeur.

« Quelle drôle d'idée d'occuper le lit d'une femme morte assassinée », pense Rémy.

À la place de Charles, il aurait eu trop peur de faire des cauchemars. Dans le couloir, un gémissement du parquet l'avertit que Lucien Malmort approche. Il doit agir, vite ! Il se précipite vers le lit :

— Monsieur Ruften, réveillez-vous !

Il s'immobilise, déconcerté. Point de baron ! C'est un traversin qu'il secoue. La porte de la chambre s'ouvre violemment. Rémy fait volte-face. Le rire de Lucien Malmort s'élève :

— Ah ! Ah ! On se retrouve !

Pétrifié, le garçon regarde s'avancer vers lui l'homme qui brandit son redoutable couteau. Tout à coup, la lumière inonde la pièce.

— Les mains en l'air ! hurle Charles von Ruften en jaillissant des doubles rideaux derrière lesquels il s'était caché.

Il pointe un fusil de chasse sur Lucien Malmort qui réagit en un quart de seconde : il s'empare de Rémy et lui applique son couteau sur la gorge.

— Lucien ? s'étonne le baron.

— Vous pouvez m'appeler P'tit Lu comme autrefois... monsieur Charles, répond l'empoisonneur.

— C'est donc toi le... ? Charles hésite sur le nom.

— Le meurtrier. Tu peux le dire, ça ne me vexe pas.

— Qu'est-ce que tu comptes faire ?

— Je suis venu te tuer, monsieur Charles.

Le baron émet un petit rire aigre.

— Mon pauvre ami, tu ne seras jamais autre chose qu'un minable P'tit Lu. En assassinant ma mère, tu n'imagines pas le service que tu m'as rendu. Et maintenant, en me donnant l'occasion de te tuer, tu vas faire de moi un héros. Décidément, la chance aura toujours été de mon côté.

Le fils du baron épaule son fusil.

— Méfie-toi, Charles, la vie de ce gosse ne tient qu'à un fil.

— Si tu savais ce que je me fiche de ce gosse. Qu'il crève ! Ça ne fera que justifier davantage mon acte.

— Eh, ça va pas la tête ! Vous n'oseriez pas me tirer dessus ! proteste Rémy.

— Alors, tu l'égorges ce morveux, qu'on en finisse !

— C'est toi que je vais égorger, Charles, réplique Lucien Malmort.

PAN ! Lucien se baisse juste à temps pour éviter la décharge de chevrotine qui troue la porte derrière lui. Il lâche son otage en criant :

— Casse-toi, Rémy, vite !

Il s'élance vers Charles, couteau levé. PAN ! La décharge de plombs le rate une nouvelle fois. Mais Charles, d'un mouvement circulaire, le frappe à la tête avec la crosse de son fusil. L'agresseur est projeté sur le lit, assommé. Le baron s'empresse de recharger son arme.

— Qu'est-ce que vous allez faire ? demande Rémy.

— À ton avis ? répond le baron en fixant Lucien Malmort étendu sur le lit.

— Il faut prévenir la police maintenant, suggère le garçon.

— Et pourquoi pas le SAMU ?

— Vous… vous allez l'achever ?

— Il faut bien qu'il paie ses dettes.

— Ma parole, mais vous êtes pire que lui !

Le visage du baron devient haineux.

— Méfie-toi, gamin, je pourrais bien te faire avaler ta langue.

Il se tourne à nouveau vers Lucien Malmort, lequel se remet péniblement de son coup à la tête. Charles épaule son fusil… PAN ! La chevrotine troue la cloison de la chambre. Rémy s'est précipité pour bousculer le baron et dévier son tir.

— Sale petit crapaud ! hurle le baron, tu vas me le payer !

Il braque son fusil sur l'adolescent qui devient blême. Rémy lève les mains comme dans les westerns.

— Attendez, j'ai simplement voulu… enfin, c'est pas normal… Il faut qu'il soit jugé, bredouille-t-il.

Les yeux du baron se posent sur le couteau qui gît par terre. Il se baisse pour le ramasser sans cesser de menacer Rémy.

— Il va te couper le cou, petit, articule Lucien Malmort qui essaie de se remettre debout.

— Mais… pourquoi ? Je ne lui ai rien fait !

— Réfléchis donc, murmure Lucien.

Le garçon comprend en un éclair pourquoi Charles a tout intérêt à le tuer. Il s'assure ainsi de son silence, face à des journalistes qui seraient ravis d'apprendre quel prix le fils du célèbre baron von Ruften accorde à la vie d'un enfant.

— Approche un peu, mon garçon, ordonne ce dernier.

Rémy ne bouge pas. Il sait que s'il tente de fuir, l'homme l'abattra sans la moindre hésitation. Tandis que son nouvel adversaire approche, fusil dans une main, couteau dans l'autre, il prépare sa parade. Soudain, Charles plie son fusil, ôte la cartouche non tirée qu'il glisse dans sa poche, puis il laisse tomber l'arme à ses pieds. Rémy tire de sa manche le couteau de son père. Le baron se fige, le regard rivé sur la lame luisante. Lucien Malmort émet un rire.

— Vas-y, petit, embroche-le ! lance-t-il comme s'il avait décidé d'assister au spectacle sans intervenir.

Pour sauver sa vie, Rémy n'hésitera pas. Aussi Charles opte-t-il pour la ruse. Il sourit, paraît se détendre :

— Allons, mon garçon, c'est ridicule. Redevenons raisonnables. L'assassin de ma mère est démasqué, cette affaire est pour ainsi dire terminée. C'est maintenant à la police d'intervenir. Viens, nous allons descendre au salon lui téléphoner.

— Je vais le faire moi-même, rétorque Rémy.
— Je t'accompagne, décrète le baron.

À ces mots, il lance une attaque surprise. Rémy bondit sur le côté, juste à temps pour éviter la lame qui se plante dans le mur. Le baron la retire avec un cri de colère. L'adolescent se réfugie près de la cheminée. Il pose son sac à dos pour s'emparer de sa bombe lacrymogène. Mais le baron, tel un chien enragé, le saisit par un bras et le fait tournoyer avant de le plaquer au sol.

— Cette fois, mon bonhomme, la plaisanterie est finie !

Il approche le couteau de la gorge du garçon, qui croit alors sa mort imminente. Mais la lumière s'éteint, plongeant la chambre dans l'obscurité.

— Qu'est-ce que… ?

Le baron n'a pas le temps d'en dire davantage ; un vase se fracasse sur son crâne. Il s'effondre. Un lourd silence plane quelques instants… Puis Rémy entend exploser un second vase. Un peu étourdi, il se redresse.

— Ouf ! J'ai bien cru que… Merci monsieur Malmort, sans vous j'étais cuit.

À quatre pattes il retrouve son sac, en extrait sa lampe torche qu'il allume, s'attendant à trouver Lucien Malmort près de lui.

— Ben… ça alors !

Il se relève, découvre avec stupéfaction que l'empoisonneur gît sur le lit, évanoui au milieu des débris d'un vase de Chine. Il lui apparaît aussitôt évident que c'est à l'Étrange Inconnu qu'il doit ce fracassant coup de théâtre.

— Merci ! lui lance-t-il, le regard levé.

— De rien, lui répond une voix qui le fait sursauter.

Il se retourne, éclaire un visage juvénile, légèrement piqueté de taches de rousseur :

— Kevin ! Merde, qu'est-ce que tu fiches là ? crie-t-il.

— Ben… J'ai vu de la lumière, je suis entré, répond le garçon en prenant un air innocent. J'étais derrière la porte, l'œil contre la serrure… Heureusement d'ailleurs, parce que quand la porte à été trouée par le coup de fusil, j'étais bon pour la morgue. Après, j'ai eu une vue imprenable sur la scène… Dis, Rémy, tu ne pourrais pas éviter de m'éblouir avec ta lampe ?

— Tu es une vraie tête de flan, lui lance encore son frère qui tremble d'une peur rétrospective.

Mais il l'enlace pour le féliciter :

— Je te dois une vie, frangin.

17

Épilogue

Quarante-huit heures plus tard, le nom des frères Bastiani est connu de tout le pays pour avoir fait la une des quotidiens, avec des manchettes élogieuses telles que : « Les nouveaux héros de la nuit ! », « Deux supermans juniors résolvent l'affaire de la rue des Mystères-de-Paris. » On sait désormais que le baron est innocent, mais aussi qu'il est un triste personnage, et que sa progéniture ne vaut guère mieux. Charles est mis en examen pour tentative d'homicide sur mineur de moins de quinze ans. Il n'est pas près de quitter le pays.

Quant à Lucien Malmort, il ne se tire pas trop mal d'affaire. Il est lui aussi accusé de tentative d'assassinat, seulement de tentative… pour le moment, car le rapport d'autopsie du corps de la baronne n'est pas encore connu. Empoisonnement ou crise cardiaque ? L'enquête le dira. Mais il devrait bénéficier de circonstances atténuantes.

Ce que tout le monde ignore en revanche, c'est le malaise qu'éprouve le jeune héros depuis le dénouement de son aventure. Une pensée l'obsède : il n'est pas encore tout à fait convaincu que l'Étrange Inconnu le laissera désormais tranquille. Et surtout, il ne sait toujours pas quel rôle exact a tenu ce personnage dans toute cette incroyable histoire. Si ça se trouve, il va le harceler sa vie durant, lui faisant vivre des cauchemars de plus en plus épouvantables. Un soir, ne parvenant pas à s'endormir, il essaie d'imaginer la suite des événements. Mercredi, à quinze heures, il a rendez-vous avec Juliette... Et s'il passait avant à la bibliothèque ? Sans pouvoir l'expliquer, il est convaincu qu'une nouvelle rencontre aura lieu avec l'Étrange Inconnu...

Ému, inquiet, tous les sens en alerte, il déambule le jour du rendez-vous entre les hauts rayonnages de la bibliothèque.

— Rémy ! s'écrie soudain une voix.

L'adolescent se retourne, pâle comme un linge.

— Juliette ? Euh... bonjour, bredouille-t-il.

Il devait justement la retrouver un peu plus tard, chez une de ses copines.

— Tu fais une de ces têtes! Tu n'es pas content de me voir?

— Si, bien sûr... On se voit tout à l'heure?

Elle le dévisage d'un air soupçonneux.

— Tu as un rendez-vous ici? demande-t-elle vaguement inquiète.

— Oui, enfin non. Mon frère va peut-être passer. Non, non j'ai pas de... rendez-vous.

Il est *urgentissime* qu'il détourne la conversation:

— Qu'est-ce que tu as emprunté? demande-t-il en désignant le livre relié de cuir que tient son amie.

— *Faust*. Notre prof de français en a parlé en cours. Tu connais?

— Non, qu'est-ce que ça raconte?

— C'est de Goethe, un écrivain allemand. C'est l'histoire d'un homme qui vend son âme au diable pour devenir riche...

Rémy blêmit un peu plus.

« Ça, c'est un coup de l'Étrange Inconnu », pense-t-il.

— La fin est terrible, poursuit Juliette. Quand le prof nous l'a racontée, j'ai eu la chair de poule.

Le démon Méphistophélès vient chercher son dû…

— Moi, je préfère les histoires qui se terminent bien, la coupe-t-il.

Et pour dissimuler son angoisse, il attrape un volume au hasard et l'ouvre. C'est un livre d'histoire.

— Et à part ça, tu lis quoi ? demande-t-il.

Il écarquille les yeux. Sur la page de droite, un portrait de Gandhi s'estompe au profit de celui de l'Étrange Inconnu… qui bouge ! Il lui adresse un clin d'œil en souriant. Rémy claque le livre. Juliette l'observe, sourcils froncés. Le garçon recule d'un pas en apercevant derrière la jeune fille le personnage en costume dix-neuvième. Juliette se retourne.

— Qu'est-ce qu'il y a ? demande-t-elle.

— Tu… Tu vois le type avec une canne, derrière toi ?

Elle se retourne brièvement.

— Non. Écoute, je suis désolée, mais je dois te laisser. J'ai plein de courses à faire avant qu'on se retrouve. Tu es toujours d'accord ?

Rémy sourit.

— Bien sûr.

Elle l'embrasse… sur la bouche, s'éloigne. L'Étrange Inconnu se tient au bout du rayon.

— Bonjour, Rémy.

— Bonjour, répond le garçon, la bouche sèche.

Il éprouve un terrible malaise, comme s'il se trouvait devant un juge qui viendrait lui présenter l'addition d'éventuelles bêtises.

— Tu t'en es bien sorti, félicitations.

— Je ne sais pas. Vous venez chercher mon âme ?

— Ton âme ? Voyons, Rémy, ton âme t'appartient. Personne ne peut te la voler... pas même le diable.

— Ça y est, vous allez me dire qui vous êtes, hein ?

— Tu n'en as pas une petite idée ?

L'adolescent baisse les yeux. Il ne peut formuler sa pensée sans frémir. L'Étrange Inconnu paraît l'entendre. Il rit avant de déclarer :

— Non, Rémy, je ne suis pas le Diable. Voyons, réfléchis. Dans le mot étrange, il y a être et... ?

Le garçon écarquille les yeux.

— Ange ? Vous voulez dire que vous êtes un ange du paradis ?

— Pas du paradis. En fait, je suis un de tes ancêtres, un arrière-arrière-arrière-grand-père, je ne sais plus au juste. Je suis chargé de veiller sur toi.

— Un... un ange gardien ? C'est bien ça ? Vous êtes un ange gardien ! *MON* ange gardien !

La réaction de son jeune protégé comble de plaisir L'Étrange Inconnu. Abasourdi, Rémy répète « mon ange gardien » comme si on venait de lui annoncer qu'il avait eu 20 sur 20 en géographie.

— Et pourquoi m'avoir fait subir cette épreuve ? demande-t-il.

— À cause d'une question que tu te posais.

— Est-ce que l'avenir est déjà écrit ?

— Oui. As-tu une réponse ?

— Euh... Qu'est-ce que je gagne si je trouve ?

— La récompense que je t'ai promise au début de ce roman.

— Super ! Et c'est quoi ?

— Un enseignement.

— Ah oui, fait le garçon déçu.

— Crois-moi, Rémy, dans ce monde comme dans les autres, mieux vaut posséder de sages enseignements que de l'or. L'or peut fondre, pas la sagesse. Alors, Rémy, cette réponse ?

— Ben... non. L'avenir n'est pas écrit, sinon on ne pourrait pas le changer.

— Oui, c'est une partie de la réponse. Je t'aide à la formuler : ton avenir n'est pas écrit, car il s'écrit ! Maintenant, peux-tu me dire où et comment il s'écrit ?

— Facile ! Dans le présent, l'avenir s'écrit dans le présent !

— Sois plus précis.

Rémy réfléchit quelques secondes puis propose :

— En moi ?

L'ange sourit. Rémy prend de l'assurance pour affirmer ensuite :

— Et mon avenir dépend de ce que je décide de faire ou de ne pas faire !

— En effet, approuve l'Étrange Inconnu. Voilà le cœur de ce que je suis venu t'apprendre, Rémy. Nous sommes les créateurs et les acteurs de notre propre histoire, les auteurs de notre vie en somme. Par nos choix et notre volonté, l'avenir se dessine devant nous... en partie. En partie seulement.

— Pourquoi *en partie seulement* ?

— Parce qu'en toute chose, il y a une part de mystère...

Tables des matières

1. Les portes de l'étrange s'ouvrent devant Rémy... 5
2. L'Étrange Inconnu 13
3. RÉMY est-il *RÉMY* ? 22
4. L'Étrange Inconnu vient chercher la réponse 27
5. Rémy entre dans l'aventure 34
6. Dans la maison du crime..................................... 39
7. La poursuite infernale 47
8. Rémy poignardé par l'empoisonneur.................. 55
9. L'empoisonneur s'échappe 63
10. Rémy et Juliette 69
11. Le tueur aux trousses 76
12. Le couteau sous la gorge.................................... 82
13. L'Étrange Inconnu serait-il… le DIABLE ? 87
14. Qui sera la prochaine victime ? 94
15. L'avenir est-il écrit d'avance ? 98
16. Retour sur les lieux du crime 108
17. Épilogue 119

Composition : Francisco *Compo*
61290 Longny-au-Perche

Impression réalisée sur Presse Offset par

La Flèche (Sarthe), le 17-10-2007
N° d'impression : 43343

Dépôt légal : novembre 2007

Imprimé en France

 12, avenue d'Italie
75627 PARIS Cedex 13